W0307512

Titelbild:
Annette von Droste-Hülshoff im Alter von 23 Jahren
Miniatur ihrer Schwester Jenny

Vielen Dank dem Landschaftsverband Westfalen-Lippe
für die freundliche Unterstützung dieser Publikation.

Landschaftsverband
Westfalen-Lippe www.lwl.org

© TURM-VERLAG
Vinzenz Naeßl-Doms

Schlossplatz 10, 88709 Meersburg

Mai 2006

Layout: Conny Jelitte, Druckhaus Zanker
Druck: Druckhaus Zanker, Markdorf

Alle Rechte vorbehalten. Dieses Werk sowie einzelne Teile desselben sind urheberrechtlich geschützt. Jede Verwertung in anderen als den gesetzlich zugelassenen Fällen ist ohne vorherige schriftliche Zustimmung des Verlages nicht gestattet.

ISBN 3-929874-05-9

Monika Ditz / Doris Maurer

Annette von Droste-Hülshoff
und
ihre Freundinnen

*...aber was meinen Sie? sollen wir zusammen,
unter eigenen Namen, einen Band von sechs Erzählungen
heraus geben – drey Sie, drey Ich?*

(Annette von Droste-Hülshoff an Elise Rüdiger, 3. April 1844)

Annette von Droste-Hülshoff (1797 – 1848)
Ölgemälde von Johannes Sprick, 1838
(Original in Burg Hülshoff bei Münster in Westfalen)

Inhaltsverzeichnis

Catharina Schücking, geb. Busch

Du hast es nie geahndet, nie gewußt

Annette von Droste-Hülshoff lernt Catharina Schücking, damals noch Catharina Busch, über ihren literarischen Mentor Anton Mathias Sprickmann, der entfernt mit Catharina Busch verwandt ist, 1813 in Münster kennen. In ihrem Tagebuch hält Annettes Schwester, Jenny von Droste-Hülshoff, diese erste Begegnung auf Burg Hülshoff so fest:
...gegen Mittag kam der Kammersekretär KETTLER mit seiner Tochter LISETTE und der berühmten CATHARINE BUSCH. Sie ist klein, hat dunkles Haar, ist blaß und hat ein paar große starre unangenehme blaue Augen; (nach meinem Urtheil) ist sie nicht interessant, nicht mal genialisch und ein bischen mehr Blödigkeit würde ihr nicht schaden, sie spielt ziemlich hübsch Klavier, hat aber eine steife klanglose Stimme... Diesen Abend spielten NETTE und MADMOISELLE BUSCH wechselweise Clavier, und wir anderen saßen, theils im Kabinett, theils im Speisezimmer.

Burg Hülshoff

Jennys kritische, vielleicht auch etwas eifersüchtige Beschreibung wurde schon am nächsten Tag von ihr eingeschränkt, denn da gefiel ihr Catharina Busch schon besser. Ihre Schwester Annette ist fasziniert von der sechs Jahre Älteren. Sie bewundert sie, sie schwärmt für sie. Was zieht Annette an Catharina Busch an? Was verbindet die beiden Dichterinnen? In einem Brief aus dem Jahr 1809 schreibt Catharina Busch an Anton Mathias Sprickmann: *...wenn ich den beschrenkten Wirkungskreis meines armen Geschlechts bedenke wär ich doch kein Weib geworden! daß sich so geduldig in all' die Fesseln und Einschränkungen des bürgerlichen Lebens schmiegen muß, und das so verschieden auch sein Charackter und seine Geisteskräfte seyen mögen doch immer sich derselben Bestimmung fügen muß...*

1816 ist Annette etwa im gleichen Alter wie Catharina, als diese die vorhergehenden Zeilen schrieb. Annette schickt Sprickmann ein kleines Gedicht: *...es mahlt den damaligen, und eigentlich auch den jetzigen Zustand meiner Seele vollkommen, obschon diese fast fieberhafte Unruhe, mit Verschwinden meines Uebelbefindens einigermaßen sich gelegt hat...* Nachfolgend die letzte Strophe des an Sprickmann geschickten Gedichtes „Unruhe“.

Fesseln will man uns am eignen Heerde!
Unsre Sehnsucht nennt man Wahn und Traum
Und das Herz, dies kleine Klümpchen Erde
Hat doch für die ganze Schöpfung Raum!

Auch das weltberühmte und vor allem von vielen Feministinnen gern und häufig zitierte Gedicht „Am Thurme“, das mehr als dreißig Jahre nach dem Brief Catharina Buschs an Sprickmann entsteht, zeigt eine deutliche Wesensverwandtschaft, vor allem in seiner letzten Strophe:

Wär ich ein Jäger auf freier Flur,
Ein Stück nur von einem Soldaten,
Wär ich ein Mann doch mindestens nur,
So würde der Himmel mir rathen;

Nun muß ich sitzen so fein und klar,
Gleich einem artigen Kinde,
Und darf nur heimlich lösen mein Haar,
Und lassen es flattern im Winde!

Noch zwanzig Jahre nach dem Tod Annette von Droste-Hülshoffs berichtet ihre Freundin Elise Rüdiger von der nachhaltigen Wirkung der jungen Dichterin Catharina Busch auf die Droste. Elise Rüdiger schreibt: *Auf Annettes kindliches Gemüth machte diese Erscheinung*

Catharina Schücking, geb. Busch (1791 – 1831)

jedoch einen mächtig ergreifenden Eindruck und sie hat oft behauptet, daß sie in ihr gewissermaßen die Muse verehren müsse, die ihr die Himmelsfackel der Poesie angezündet habe.

Wie oft mögen Elise und Annette über Catharina gesprochen haben? Catharina Busch war ohne Zweifel das frühe „Dichteridol" der Droste. Sie wird am 26. Januar 1791 im westfälischen Ahlen geboren und wächst in Dülmen auf. Dort ist ihr Vater Landrichter. So ist sie eigentlich in bessere Verhältnisse geboren, dennoch fehlt in der Familie mit zwölf Kindern ständig das Geld. Bald schon zeigt sich, dass das älteste der Kinder, Catharina, sehr begabt ist. Besonders gefördert werden kann sie aber nicht.

Mit dreizehn Jahren verfasst Catharina ein pathetisches Gedicht, das den ganzen Schmerz ihrer bedrückenden Lebensumstände widerspiegelt:

Sehnsucht nach Ruhe

O Ruhe, Ruhe komm hernieder heile
Mein armes, krankes Herz
O laße dich erflehn und weile
Bey meinem fürchterlichen Schmerz

Ach warum bist du mir auf ewig jetz entschwunden
O warum fliehst du fern von mir
O komm und heile meine Wunden
Das Schicksal schlug sie mir so nah am Herzen hier

Oft wenn des Sturmes Wuth
Die Welle höher hebt
Kein Element mehr ruht
Der kleinste Wurm auch bebt

Deckt dunkle Nacht und Graus
Schon alles her um sich
Dann eile ich hinaus
Und wandre in die Nacht und suche dich

Wenn alles um mich her dann braust und stürmt
Und nichts des Sturmes Wuth mehr wirft
Dich Woge brausend hoch sich thürmt
Die Eiche selbst ihr altes Haupt schon beugt

dann möcht' ich gerne meinen grausen Schmerz
In jenen Wellen enden
Doch täuschend sagt mir dann mein Herz
Dein Schicksal kann sich wenden

Dann eile ich vom Ufer fort
Bey meines Lämpchens Schimmer
Und suche dich o Ruhe dort
Doch ach ich find dich nimmer

Wenn stille Dämmerung schon die Natur bedeckt
Und Lunens Licht durch meine Fenster strahlt
Die See so ruhig wallt, am Rasenufer leckt,
Und Luna sich in ihrer Fläche mahlt

Wenn rings umher schon die Natur entschlummert
Nur hie und da ein Würmchen noch im Grase spielt
dann such' ich ob du da nicht bist,
Wo dich sogar das Würmchen fühlt

Doch ach ich suche dich vergebens
Denn Ruhe ach du fliehest mich
Verzweiflung nagt am Faden meines Lebens
Denn nirgends nirgends find ich dich

Ich suchte dich schon Monden Jahre
Und fand dich nicht
Und finde dich nicht, bis zur Bahre
Einst mein mattes Auge bricht.

Eine Wendung des Schicksals scheint sich während eines eineinhalbjährigen Aufenthalts in Münster anzubahnen. Dort wird sie von Anton Mathias Sprickmann, dem schon erwähnten entfernten

Verwandten, gefördert. Sie kann, genau wie später auch die Droste, hoffen, endlich einen Menschen getroffen zu haben, mit dem sie offen reden kann und der sie versteht. Der über 40 Jahre ältere Klopstock-Verehrer und Dichter des „Göttinger Hainbundes", Sprickmann, wird für sie zum Lehrer und Meister. Allerdings nur eingeschränkt. Der vielbeschäftigte Universitätsprofessor findet, wie der Briefwechsel der beiden zeigt, oft nicht die Zeit und das Interesse für eine literarische Förderung. Von Catharina Busch sind 61 Briefe an Sprickmann überliefert, von Sprickmann jedoch nur 22. Zudem ist Sprickmann, wie Walter Gödden herausstellt, „ein zögerlicher und zugleich literarisch höchst konservativer Ratgeber". Schon 1808, mit 17 Jahren, muss Catharina Münster wieder verlassen, um in Seweringhausen auf einem Adelssitz eine Stelle als Gesellschafterin zu übernehmen, die dann doch eher zu einer Stelle als Haushaltshilfe wird. Sie fühlt sich dort nicht wohl.

1810 kehrt sie nach Dülmen zurück und versucht dort, einen literarischen Kreis zu gründen. Im selben Jahr werden drei Gedichte von ihr in der „Mimigardia Poetisches Taschenbuch für 1810", Herausgeber ist Friedrich Raßmann, veröffentlicht. Auch Abdrucke im „Westfälischen Anzeiger" machen Catharina Busch bekannt und *berühmt* (wie es Jenny in ihrem Brief ausdrückt). Schon in der „Mimigardia" wird Catharina Busch verschlüsselt als Autorin genannt. Im „Westfälischen Anzeiger" erfährt man, ohne ihre Erlaubnis, sogar ihren vollen Namen und ihren Wohnort. Die Tatsache, dass eine Frau veröffentlicht und dann auch noch unter ihrem eigenen Namen, das ist ein Skandal. So wird Catharina Busch zwar bekannt, aber Spott und Häme ausgesetzt, die sich sogar in böswilligen Karikaturen über die Dichterin niederschlagen.

1812 schreibt sie, noch immer tief getroffen, an Sprickmann: *Neulich sagt mir ein gewisser Herr aus Münster, unter so großen Vorbereitungen Entschuldigungen u.s.w. daß ich beynah zu zittern anfing, es sey in Münster in einigen Weingesellschaften ein Gemählde PRODUCIRT welches auf keine vortheilhafte Weise auf mich Bezug habe, (nun krigte ich es erst recht mit der Angst, und meinte wunders was mann mir möchte böses angedichtet haben) aber nun fiel mir ein Stein vom Herzen, das Gemählde stellt vor: den PARNASS auf dessen Gipfel die besten deutschen Dichter Klopstock u.s.w. thronen, in der Mitte stehen Bürger, VOSS, HÖLTY etc. am Fuße des Berges aber, VAGEDES Raßmann, und die Mitglieder der Mimigardia und – nun geben Sie wohl acht, unten am Boden liegt Katharina Busch in einer kläglichen Ohnmacht indeß die Erdschollen vom PARNASS auf sie herabstürzen. ist das nun nicht zu arg? daß mann mir nicht einmal die Ehre vergönnt bey Herrn Raßmann und VAGEDES zu stehen? Wie soll ich es nur machen daß ich mich wieder aufkrabbele? ich hoffe lieber SPRICKMANN Sie werden mich mitleidigst bey der Hand nehmen daß ich mich durch Ihre Kraft wieder vom Boden erhebe...*

Für Annette, die Catharina Busch ja erst nach diesem Eklat kennen lernt, ist entscheidend, dass hier eine Frau veröffentlicht und sich als Dichterin bekennt. Sie selbst darf in der „Mimigardia" zu diesem Zeitpunkt nicht veröffentlichen. Ihre Familie lehnt 1809 eine Anfrage des Verlegers Raßmann ab. Sogar ihre erste Gedichtausgabe, die 1838 erscheint, muss noch mit einer Namensabkürzung, halb anonym, herausgegeben werden.

Catharina imponiert Annette, sie gefällt ihr. Zwischen den beiden Dichterinnen entwickelt sich eine spontane Freundschaft. Aus einem Tagebucheintrag Jenny von Droste-Hülshoffs erfahren wir, dass Annette 1813 an Catharina Busch wegen der Zusendung von Musikalien schreibt. Obwohl die Briefe verloren gegangen sind, ist nicht auszuschließen, dass sich die beiden Dichterinnen in dieser Zeit öfter geschrieben haben. Vielleicht haben sie sich sogar im Frühjahr/Sommer 1813 erneut getroffen, eine Vermutung, die einem späteren Gedicht der Droste entnommen werden kann.

Welchen Eindruck Catharina Busch auf Annette gemacht hat, erkennt man aus dem Brief, den sie im Februar 1816 an Sprickmann richtet: *...so interessirt es mich doppelt, so wie alles, was von* *diesem herrlichen und seltnen Weibe kömmt, zu der ich eine so eigne und innige Hinneigung fühle, daß ich sie, bey unsrer geringen Bekanntschaft, durch ihre mannichfaltigen schönen und anziehenden Eigenschaften kaum erklären kann...*

Im Kontext dieses Briefes geht es um die Suche nach der Verfasserin eines *sehr hübschen Gedichtes,* das man in Münster der Droste zuschreibt, die wiederum hinter der Existenz dieses *anonymen Geisteskindes* Catharina Busch vermutet. Catharina Busch zeigt sich Sprickmann gegenüber erfreut *...bey der guten Nette in so geneigtem Andenken zu seyn, wiewohl sie mich viel zu günstig beurtheilt...*

Als Catharina dies 1816 schreibt, ist sie seit fast drei Jahren mit Paul Modestus Schücking verheiratet. Es ist keine glückliche Ehe. Ihr Mann betrügt sie schon in der Brautzeit. Während ihrer ersten Schwangerschaft entdeckt sie einen Brief. Sie teilt Sprickmann mit: *...o Gott, Sprickmann – es war – ich kann es nicht schreiben, – ein Bericht über das Befinden jenes Mädchens, worauf ich schon früherhin eifersüchtig war (...) und über ihr Kind, nebst Rechnung über die Kosten des Wochenbetts, von 3 Gulden. (...) welcher schreckliche Verrath an einer so liebenden Braut. (...) warum heyrathete er nicht jenes Mädchen, statt uns beyde zu betrügen. – Welcher Leichtsinn! – o Gott und ich liebte ihn so sehr, Samstag Abend kommt er wieder wie wird mir dann zu Muthe seyn. o Sprickmann, ich werde sterben! – Helfen Sie mir um Gottes! Um unsrer Freundschaft willen...* Aber Sprickmann hilft nicht. Er lässt sie auch nicht für ein paar Wochen nach Münster kommen, wie Catharina es verzweifelt wünscht. Vielmehr verweist er auf die Unterschiede zwischen Mann und Frau, die nach seiner Auffassung naturbedingt sind. *Schon in dem physischen oder phisiologischen Unterschiede der beyden Geschlechter liegt zu beyden, daß es so ist, und daß das reine weib das nicht begreift, ein geltender grund. die Natur mußte ja wohl einen stärkeren physischen drang zur wollust in den Mann legen, als in das weib, so bald sie den Mann zum werben, und das weib zum abwerben des werbens bestimmte.*

Schon zu dieser bestimmung mußte sie den Sporn in einer zur wollust dringenden Organisazion des männlichen Körpers legen; und hätte sie diesen auch in die Organisazion des weiblichen Körpers gelegt, so hätte sie dem weibe nicht ihren höchsten Schmuck, den Perlengürtel der Sittsamkeit, ins leben mitgeben können. diesen Gürtel kann nur liebe lösen; aber der organische drang des Mannes nach wollust wartet nicht auf liebe...

Catharinas erstes Kind, der für Annette von Droste-Hülshoff später so bedeutungsvolle Sohn Levin, wird am 6. September 1814 in Meppen, wo das Ehepaar Schücking zunächst lebt, geboren. (35 Jahre später erklärt Annette von Droste-Hülshoff ihrer Freundin Elise Rüdiger ihre mütterlichen Gefühle für Levin Schücking mit ihrer großen Liebe zu seiner verstorbenen Mutter und seiner körperlichen Ähnlichkeit mit ihr.)

Schloß Clemenswerth

Die Familie Schücking zieht 1815 nach Clemenswerth in die Nähe von Sögel. Bis die Familie 1830 nach Ludmillenhof, dem neuen Amtssitz von Paul Modestus Schücking umzieht, werden fünf weitere Kinder, von denen zwei früh sterben, geboren. Das nachfolgende Gedicht schreibt Catharina Schücking nach dem Tod ihrer kleinen Tochter Ida, die bereits mit eineinhalb Jahren stirbt. Wie sehr hatte sie sich eine Tochter gewünscht!

Die Schneeglöckchen

Holde Blümchen in dem weißen Kleide,
Ach! mit welcher tiefgefühlten Freude
Sah ich schöne Frühlingsboten, euch

Sonst dem Winterschooße früh entkeimen.
Und von frohen süßen Lenzesträumen
Ward das Herz so voll mir und so reich.

Aber jetzt! – Wie stummer Wehmuth-Thränen,
Weckend meines Herzens banges Sehnen
Hangen eure Kelche bleich hinab

Eurer Lilienfarbe zartes Prangen
Gleichet meiner Ida bleichen Wangen.
Ach! ihr kränzet meines Kindes Grab –

Seit ich euch mit Schmerzeswehen pflückte
Meiner Ida kalte Händchen schmückte
Und die athemlose Marmorbrust

Bringt mir nur frühes Auferstehen
Nur zurück die bangen Schmerzeswehen
Bringt der Frühling selbst mir keine Lust!

Arm – und immer ärmer wird das Leben.
All' die holden Genien entschweben,
Die mir einst den schönen Pfad bekränzt

Von der Schicksalsstürme argem Wüthen
Sinken, ach! die jungen Freudeblüthen
Wie so reich und schön sie einst geglänzt

Und in grauem Nebel rings erblassen
All' die heitren Farben, und verlassen
Steh' ich da in freudeloser Nacht! –

Müßte unter Schmerzeslast vergehen,
Dürft' ich ruhig nicht zum Himmel sehen,
Wo die Hoffnung bessern Lebens! lacht! –

Catharina erfüllt weiter verantwortungsbewusst ihre Aufgaben als Hausfrau und Mutter. Sie schreibt Sprickmann: *Ich sehe täglich mehr, daß ich besser* [zur Hausfrau] *tauge, die ich meinte, und nicht zu seyn fürchtete. Doch wäre es auch eine Schande, wenn die Haushälterin sich von der Dichterin stören ließe.* Weiter schreibt sie Sprickmann, dass Briefe in der Einsamkeit des Emslandes die einzige Freude sind, die ihr von der Außenwelt zukommen. Für ihre literarische Arbeit bleibt ihr nur noch wenig Zeit. Dennoch hat Catharina Schücking, bei aller Belastung durch Schwangerschaften, ihre unglückliche Ehe und die Kindererziehung weiter geschrieben. Ja, die meisten ihrer Gedichte und Versuche in Prosa entstanden im Emsland.

Was ihr literarisches Schaffen angeht, so soll sie ihr Mann sogar gefördert und zur Veröffentlichung ihrer Arbeiten ermutigt haben. Trotz dieser vermutlichen Förderung äußert sich Annette von Droste-Hülshoff Jahre später mehrfach negativ über Paul Modestus Schücking. In einem Brief an Amalie Hassenpflug, in dem sich Annette um eine Anstellung Levin Schückings bemüht, bezeichnet sie seinen Vater als *schlechten Wirth und noch schlechteren Ehemann.* In Münster wird wohl über Paul Modestus Schücking getratscht worden sein. Wer Annettes Briefe kennt, der weiß, dass sie an Klatschgeschichten stets interessiert ist.

1821 erscheinen zwei Gedichte von Catharina Schücking in Raßmanns „Rheinisch-Westfälischem Musenalmanach“ unter einem Pseudonym. Im gleichen Jahr wird ein Gedicht von ihr in der „Dresdner Abendzeitung“ veröffentlicht, und 1825 kann man ihr

Gedicht „Das Schneeglöckchen“ im „Unterhaltungsblatt für Stadt und Land“ des „Westfälischen Merkurs“ lesen. Weitere Gelegenheitsgedichte folgen, jedoch ohne größere Resonanz. Auch Veröffentlichungen nach ihrem Tod, die zumeist auf die Initiative ihres Sohnes Levin zurückgehen, bleiben weitgehend unbeachtet.

Erst 16 Jahre nach der ersten Begegnung sehen sich Annette und Catharina 1829 zufällig wieder. Im Juni 1831, so datiert die Forschung, schickt Catharina Schücking ihren Sohn Levin mit einem Empfehlungsschreiben zu Annette von Droste-Hülshoff ins Rüschhaus. Levin Schücking schreibt dazu in seinem „Lebensbild“: *Annette von Droste war etwa zweiunddreißig Jahre alt, als ich sie zum ersten Male sah. Es war im Frühjahr 1830.* Und weiter: *Ein Brief meiner Mutter, deren Geistesleben und nicht gewöhnliches, in jener Zeit unsrer engern Heimath hochgestelltes dichterisches Talent in den vom Minister Fürstenberg in Münster versammelten Kreisen, oder durch deren Einfluß geweckt war, empfahl mich der ihr befreundeten Dichterin.* Nach Levins erstem Besuch im Rüschhaus gibt Catharina Schücking ihrem Sohn Levin ein Schreiben an Annette mit und hofft auf eine Fortsetzung des brieflichen Kontakts. Catharina schreibt am 8. Oktober 1831 an Annette:

Wenn ganz unerwartet und unverhofft ein Freund uns naht, so erkennen wir ihn oft kaum, im ersten Augenblicke, und so liebe ANTONIE wirds Ihnen vielleicht mit dieser Handschrift gehn, möge denn wie Freundes Erscheinung das Blättchen Ihnen willkommen seyn, das hoffentlich ein guter freundlicher Jüngling, mein ältester Sohn in Ihre Hände bringt, welche Freude er sich von mir erbeten und auf eine persönliche Einladung von Ihnen, liebes Mädchen! Sie besuchen zu dürfen, sich berufen hat; zugleich hat er mir versichert Sie gesund und wohl gesehn zu haben, und es geschieht also in der Voraussetzung einer völligen Genesung von dem Uebel, welches die schöne Harmonie Ihres Wesens störte, als ich zum leztenmahle den süßen Genuß hatte, einige Stunden bey Ihnen zu verleben, wenn er vielleicht Sie belästigen möchte. –

In jener Voraussetzung also die bestätigt zu sehn mich ungemein erfreuen würde, bitte ich Sie hierdurch meine theure Freundin mir doch zuweilen, durch eine briefliche Erscheinung (die, wenn gleich nur eine SILHOUETTE der persönlichen, ein schwacher Schattenriß des ganzen Wesens ist, doch so ungemein erfreut) an Ihrem Leben, Ihrem schönen Wirken, theilnehmen zu lassen, Sie glauben nicht wie einförmig und einsam mein verborgnes, wenn gleich nicht an reinen stillen Freuden leeres, Daseyn dahin fließt, ein sanftes Mondlicht nur, bey dem eines leisen Fröstelns ich mich doch immer nicht erwehren kann, umdämmert mit blassem Scheine meinen Pfad, nicht die belebende Sonnenwärme erhebender begeisternder Empfindungen, erweitert hier die Brust, nicht der Genuß schöner Kunst- und Natur Gebilde belebt das Herz – dürftig wie die siberische Gegend sind auch ihre Bewohner, arm an Geist und Herz und wahrer Lebensfreude, wie arm an Farb' und Duft die ‚Röslein auf der Haide'.

Warum nun das Geschick mich gerade an den traurigsten Strich Deutschlands, (wie es in irgendeinem geographischen LEXICON heißt) gebannt hat? wie könnt ich es ermessen. – Aber die Verbannung mir einigermaßen erleichtern, das können die Wesen die an meinem Wohl und Weh theilnehmen, das können auch Sie meine Freundin (wenn ich zu jenen Sie zählen darf) durch ein zuweilen gegebnes Lebens- und Liebeszeichen. ‚Die Welt ist so leer, wenn man nur Berge Wälder Flüsse und Ebnen darin denkt, aber hie und da in ihrem Raum ein Herz zu wissen das für uns schlägt und mit uns Schmerz und Freude theilt, das ists was sie zum Paradiese macht.' sagt Goethe irgendwo, und ohngefehr, vermuthlich wissen Sie besser wie ich, wo und wie und die Wahrheit des Ausspruchs empfanden wir wohl beyde, wenn gleich diese Empfindung für mich mehr Werth hat, doch ich wollte nicht klagen, das darf ich nicht, wenn ich die Blüthen zähle, womit Liebe und Freundschaft Phantasie und Gefühl mein Leben schmückten, und noch schmücken, ich wollte nur Sie beste ANTONIE in mein Interesse ziehn, auch von Ihnen in dem Kranze dieser Freuden eine Blume mir erbitten. –

Sagen Sie mir denn ein Wörtchen von Ihrem Leben und Thun, von den schönen Kindern Ihres Geistes, von dem Gedichte, was als ich zu Münster war, noch Fragment, es in der Vollendung zu genießen mich sehr verlangen machte. Seit jener Zeit schon durchläuft mein Auge begierig alle MeßCATALOGE, und hofft Ihren Namen zu finden, aber noch nie und nirgend. – Daß in Ihrer Familie sich Veränderungen zutrugen sah ich im münsterschen Merkur, und seit Ihr Fräulein Schwester verheyrathet vermissen Sie wohl sehr die treue Gespielin, doch hoffentlich nicht die Pflegerin, – was Sie damahls leider Ihnen seyn mußte.

So leben Sie denn wohl, liebe Antonie und geben Sie mir recht bald Gelegenheit Ihnen die Versicherung zu erneuern daß ich mit unwandelbarer Freundschaft

die Ihrige bin.
K. SCHÜCKING
g. BUSCH

Sahen Sie SPRICKMANN kürzlich?

Als Annette diesen Brief beantworten will, entdeckt sie zufällig in der Zeitung die Anzeige vom Tod Catharina Schückings. Levin Schücking erinnert sich in seinem „Lebensbild“: *‚Denken Sie sich,‘ sagte sie, ‚ich machte mir Vorwürfe, daß ich den Brief Ihrer Mutter so lange unbeantwortet gelassen. Gestern endlich setzte ich mich nieder, um ihr einen recht ausführlichen Brief zu schreiben. Während ich mich dazu anschicke und die Feder ansetzen will, fällt mein Blick auf eine, mehre Tage alte Zeitung, die ich als Unterlage genommen. Ich erblicke den Namen Ihrer Mutter darin, und als ich näher zusehe, ist es – die Anzeige ihres Todes!‘ Sie war sehr erschüttert durch dies eigenthümliche Walten des Zufalls und bezeugte mir eine tiefe Teilnahme.* Catharina Schücking, geb. Busch, stirbt am 2. November 1831.

Catharina Schücking, deren Lieblingsblume das Veilchen war, hat wohl zu leicht bekleidet – im Spätherbst – in ihrem Garten nach diesen Blumen gesucht. Sie bekommt eine Erkältung mit sehr hohem Fieber. Da sie ein schwaches Herz hat, führt ihre Erkrankung innerhalb einer Woche zum Tod.

Begraben wird sie in Neu-Arenberg, das heute Gehlenberg heißt. Ihr Mann lässt für sie eine prächtige Grabstätte errichten, die Levin Schücking allerdings so beschreibt: *Ebenso gibt es nichts Schauerlicheres als der Ort, wo sie ruht. Es ist auf öder Heide stundenweit von allen Menschen entfernt, die Menschen zu heißen verdienen, eine Kolonie von Mooranbauern. In der Mitte der Wüste steht die Kirche und das Pfarrhaus, das mein Vater den Anbauern baute, während meine Mutter viel für die Leute selbst getan. Dort ist ihre Gruft gemauert; auf dem Denkmal darüber steht: ‚Du wirst das Gute, weil es gut ist, wählen, / Und eh' Du wähltest, hast Du es vollbracht', eine Stelle aus ihren Gedichten.*

Nach dem Tod seiner Mutter fordert Annette Levin zu häufigeren Besuchen im Rüschhaus auf. Levin erinnert sich: *Später sagte sie mir, daß sie in jenem Augenblicke, wo sie auf solche Weise den Tod meiner Mutter erfahren, das Gefühl gehabt, als habe die Verstorbene ihr als ein Vermächtnis einen Theil der Sorge für den verwaisten Sohn hinterlassen, als habe sie eine Verpflichtung, sich um mein Wohl und Wehe zu bekümmern, übernommen.*

Levin Schücking, für den der Todestag seiner Mutter in seinem ganzen Leben bedeutungsvoll bleibt, schreibt am 3. November 1842 an seine Braut Louise von Gall: *Gestern (am 2. November) abend um 9 Uhr waren es 11 Jahre, daß meine Mutter gestorben ist, so sanft in der Verklärung hinüberschlummernd, wie es der Arzt nie von einem Menschen gesehen zu haben behauptete. Wenn es eine Heilige gegeben hat, so war sie es.*

Zehn Jahre nach dem Tod Catharina Buschs setzt Annette von Droste-Hülshoff mit ihrem Gedicht „Katharine Schücking" ihrer Freundin ein Denkmal. Das Gedicht entsteht während ihres ersten Meersburgaufenthaltes. Nach Versen schwärmerischer Reminiszenz denkt Annette über die Zeiten von der ersten Begegnung bis zum

Wiedersehen nach. Aus der jugendlichen Verehrung für *Westphalens Dichterin* ist eine positive Bewertung Catharina Schückings als Frau geworden. Annette hat ihr literarisches Vorbild schon 1829 – bei der zweiten Begegnung nach vielen Jahren – hinter sich gelassen, denn bereits 1838 erscheint ihr erster Gedichtband; 1844 wird der zweite folgen.

Vergessen hat Annette von Droste-Hülshoff Catharina Busch nicht. Im Verzeichnis für die Drucklegung der Gedichtausgabe von 1844 gehört „Katharine Schücking" zu den drei Anfangsgedichten nach „Mein Beruf" und „Meine Todten". In der Wertung geht dieses somit weit über ein Erinnerungsgedicht an ihr Idol hinaus. Es stellt, wie Ortrun Niethammer betont, eine zentrale Lebensfrage: „Welche sind meine Vorbilder?" nach den Fragen „Wer bin ich?" und „Wo komme ich her?". Levin Schücking rät Annette jedoch zu einer anderen Anordnung der Gedichte für die Ausgabe 1844. „Katharine Schücking" erscheint im vierten Kapitel unter „Gedichte vermischten Inhalts".

Elise Rüdiger, die engste Freundin Annettes in ihren letzten Lebensjahren, misst diesem Gedicht eine besondere Bedeutung zu: *Unter den Freundschaftsgedichten ist eines von ganz besonderer Bedeutung für ihr Leben geworden, es ist der Nachruf auf Katharina Schücking.*

Katharine Schücking

Du hast es nie geahndet, nie gewußt,
Wie groß mein Lieben ist zu dir gewesen,
Nie hat dein klares Aug' in meiner Brust
Die scheu verhüllte Runenschrift gelesen,
Wenn du mir freundlich reichtest deine Hand,
Und wir zusammen durch die Grüne wallten,
Nicht wußtest du, daß wie ein Götterpfand
Ich, wie ein köstlich Kleinod sie gehalten.

Du sahst mich nicht als ich, ein heftig Kind,
Vom ersten Kuß der jungen Muse trunken,
Im Garten kniete, wo die Quelle rinnt,
Und weinend in die Gräser bin gesunken;
Als zitternd ich gedreht der Thüre Schloß,
Da ich zum ersten Mal dich sollte schauen,
Westphalens Dichterin, und wie da floß
Durch mein bewegtes Herz ein selig Grauen.

Sehr jung war ich und sehr an Liebe reich,
Begeisterung der Hauch von dem ich lebte;
Ach! Manches ist zerstäubt, der Asche gleich,
Was einst als Flamme durch die Adern bebte!
Mein Blick ward klar und mein Erkennen stark,
Von seinem Throne mußte Manches steigen,
Und was ich einst genannt des Lebens Mark,
Das fühlt' ich jetzt mit frischem Stolz mein eigen.

So scheut' ich es, als fromme Schülerin,
Dir wieder in das dunkle Aug' zu sehen,
Ich wollte nicht vor meiner Meisterin
Hochmüthig, mit bedecktem Haupte, stehen.
Auch war ich krank, mein Sinnen sehr verwirrt,
Und keinen Namen mocht' ich sehnend nennen;
Doch hat dies deine Liebe nicht geirrt,
Du drangst zu mir nach langer Jahre Trennen.

Und als du vor mich tratest, fest und klar,
Und blicktest tief mir in der Seele Gründe,
Da ward ich meiner Schwäche wohl gewahr,
Was ich gedacht, das schien mir schwere Sünde.
Dein Bild, du Starke in der Läutrung Brand,
Stieg wie ein Phönix aus der Asche wieder,
Und tief im Herzen hab' ich es erkannt,
Wie zehnfach größer du als deine Lieder.

Du sahst, Bescheid'ne, nicht, daß damals hier
Aus deinem Blick Genesung ich getrunken,
Daß deines Mundes Laute damals mir
Wie Naphtha in die Seele sind gesunken.
Ein jedes Wort, durchsichtig wie Krystall
Und kräftig gleich dem edelsten der Weine,
Schien mir zu rufen: „Auf! Der Launen Ball,
Steh auf! erhebe dich, du Schwach' und Kleine!"

Nun bist du hin! von Gottes reinstem Bild
Ist nur ein grüner Hügel uns geblieben,
Den heut' umziehn die Winterstürme wild
Und die Gedanken derer, die dich lieben.
Auch hör' ich, daß man einen Kranz gelegt
Von Lorbeer in des Grabes dunkle Moose,
Doch ich, Cathinka, widme dir bewegt
Den Epheu und die dornenvollste Rose.

Amalie Hassenpflug

So viel Geist, Talent und Gemüth

Neben dem Grab der Droste auf dem Friedhof in der Oberstadt von Meersburg befindet sich die letzte Ruhestätte Amalie Hassenpflugs, die 1800 in Kassel geboren und 1871 in Meersburg gestorben ist. Ihre Freundschaft zur Dichterin erstreckt sich über Jahrzehnte, wobei es immer wieder lange Phasen des Schweigens gibt.

Amalie Hassenpflug (1800 – 1871)
Zeichnung von Ludwig Emil Grimm, um 1820

Im Sommer 1818 unternimmt die Droste gemeinsam mit ihrem Vater von Bökendorf aus, dem Wohnsitz von Annettes Großeltern mütterlicherseits, einen Ausflug nach Kassel, um die befreundeten Brüder Grimm zu besuchen. Annette lernt bei dieser Gelegenheit auch Lotte Grimm, die Schwester, kennen sowie Amalie Hassenpflug und deren Bruder Ludwig, die beide den Grimms nahe stehen. Ludwig Hassenpflug ist seit 1816 mit Charlotte Grimm verlobt, geheiratet werden kann aber erst – aus finanziellen Gründen – 1822. Amalie Hassenpflug steht in engem Briefkontakt mit Anna von Haxthausen, der jüngsten, fast gleichaltrigen Tante der Droste. Anna von Haxthausen spielt eine entscheidende Rolle bei der sogenannten „Jugendkatastrophe" der Dichterin 1820 in Bökendorf: Verliebt in Heinrich Straube, erotisch angezogen von August von Arnswaldt, fällt Annette einer böswilligen Intrige zum Opfer, an der ihre junge Tante nicht unbeteiligt ist. Diese war selbst an dem gut aussehenden Arnswaldt interessiert und hat ihn später geheiratet.

Die Droste hat nie verwunden, sich in ihrem Kummer Anna von Haxthausen, der Drahtzieherin der Verschwörung, anvertraut zu haben. Amalie Hassenpflug wird über diese pikante Geschichte aus Bökendorfer Kreisen durch Anna bestens unterrichtet gewesen sein, und es ist anzunehmen, dass sie Annette durchaus mit Vorurteilen begegnet.

Dennoch scheint die Dichterin Amalie so zu interessieren, dass sie ihre Werke liest, unter anderem das „Geistliche Jahr", und sie stellt fest: *...ich habe mich recht in ihre Lieder herein gelesen und versteh sie manchmal mehr wie mir lieb ist.* Es vergehen fast 20 Jahre, bis sich Annette und Amalie im April 1837 in Bökendorf wiedersehen. Vieles hat sich in der Zwischenzeit ereignet. Amalie Hassenpflug empfindet eine tiefe Zuneigung für Annettes schwerkranke Cousine Amalie von Heeremann-Zuydtwyck, die seit 1815 mit ihrer Mutter in Bökendorf lebt. Als die Cousine aus Gesundheitsgründen 1835 in den Süden reisen muss, empfiehlt der mit den Grimms befreundete Dichter Clemens Brentano die ihm bekannte private Krankenpflegerin Margarethe Verflassen als Begleitung.

Fast drei Jahre werden die beiden Frauen in Nizza bleiben. Amalie Hassenpflug kann nicht verwinden, dass sie nicht mit ihrer geliebten *Veronica,* wie sie Annettes Cousine nennt, die Reise unternehmen darf.

Amalie von Heeremann-Zuydtwyck gesundet so weit, dass sie – zum großen Kummer Amalie Hassenpflugs – in ein Kloster eintreten kann. Dort stirbt sie mit 43 Jahren an Entkräftung, tief betrauert von Amalie und Margarethe. Die beiden Frauen werden in den nächsten Jahren in der Kranken- und Armenpflege arbeiten. Amalie Hassenpflug muss jedoch oft in der Familie ihres Bruders Ludwig einspringen. Seine Frau Lotte, die Schwester der Grimms, stirbt 1833 kurz nach ihrer sechsten Entbindung. Amalie, alles andere als eine Haushälterin, kümmert sich liebevoll um die Kinder. 1837 verheiratet sich Ludwig Hassenpflug in zweiter Ehe mit Agnes von Münchhausen. Er ist hoch verschuldet und wird im selben Jahr wegen Differenzen mit dem Prinzregenten als kurhessischer Minister der Justiz und des Inneren entlassen. Gemeinsam mit seiner zweiten Frau, den Kindern und seiner Schwester Amalie sucht er Zuflucht in Bökendorf.

In dieser Zeit sehen sich Amalie Hassenpflug und Annette von Droste-Hülshoff wieder, und hier liegt der Beginn der engen Freundschaft, über die Anna von Arnswaldt sehr erbost ist. Sie ist der Droste immer noch feindlich gesinnt und beansprucht Amalie Hassenpflug als *ihre* Freundin. Amalie Hassenpflug, die große Zuneigung für Annette verspürt, muss sich gegenüber Anna rechtfertigen: *Daß ich ihr sehr gut bin, trotz allem Schmutz und widrigem das ihr anhängt hab ich nie geläugnet, wenn es dir auch nie hat gefallen wollen, aber dass sie mir den Kopf verdreht und so einen zauberischen Vergessenheitstrank eintrichtern sollte, das wüßt ich nicht wie es zu gehen sollte. Oder traust du mir im Entferntesten Denken Dinge, die sie etwa über dich gesagt, könnten auf mich Einfluß haben? Erstlich hat sie's nicht gethan und zweitens hätte sie es auch und hätte ichs angehört, was ich auch nicht gethan haben würde, so geb ich auf Nette ihr Urtheil gar nichts, wo ihre*

Empfindung, seis im Guten oder Bösen, mit ins Spiel kömmt, da ist [sie] *fein und scharfsichtig wenn sie unpartheiisch ist, sonst aber blind. Ich bitte dich bestes Herz mach dir über weder jetzt noch in der Zukunft Gedanken, denke sie mir zwar i n n a h e r B e z i e h u n g , aber in geschlossenem Kreis, einem der auf nichts anderes als auf mein speziellstes Verhältnis mit ihr Einfluß hat. Irr ich mich in ihr so werd ichs tragen und allen Spott und Hohn obendrein, aber ich glaub es nicht.*

Annette von Droste-Hülshoff ist besorgt um Amalie, die unversorgt bei ihrem Bruder Ludwig als „Familientante" lebt. Sie freut sich über die Hilfsbereitschaft ihrer männlichen Verwandten. So bietet ihr Onkel August von Haxthausen seinem ehemaligen Studienkollegen Hassenpflug in der Zeit der Stellungslosigkeit seine gesamten Ersparnisse an. Auch sie selbst überlegt, wie sie helfen kann; sie schreibt am 19. September 1837 an ihre Tante Sophie von Haxthausen: *...von der guten armen Male H*(assenpflug) *habe ich jetzt auch einen Brief, sie ist s e h r herunter, körperlich und geistig, – sie schreibt mir gradezu, daß ich jetzt n i c h t zu ihr kommen könne, da sie, wenn es dem Ludwig noch vor dem Winter gelingen solle, eine Anstellung zu bekommen (hoffentlich im Preußischen) sie ihm dorthin folgen würden, und, schreibt sie ‚selbst wenn das nicht wäre, so können wir doch schwerlich wohnen bleiben, und müssen in der Noth, mit dem Schlechtesten zufrieden seyn' der Brief ist so kurz, fast verschlossen, ich weiß nicht ob das Unglück sie kalt macht, oder scheu, ich glaube das Letzte, – wie gern holte ich sie hieher! und das dürfte ich auch wagen, denn ich könnte ja Kostgeld für sie bezahlen, aber sie wird nicht von der Mutter und der Schwester wollen, und alle drey! ach Gott, das geht über meine Kräfte! – was meinst du, was können wir wohl thun, um ihr beyzustehn?* (...) *ich warte mit Ungeduld auf deine Antwort, denn dies liegt mir sehr auf dem Herzen...*

Für den stellungslosen Ludwig Hassenpflug setzt sich Annettes Schwager Joseph von Laßberg ein. Der aus Hessen Vertriebene wird zunächst Präsident der obersten Landesbehörde des Fürstentums

Hohenzollern-Sigmaringen, ab 1839 dann Zivilgouverneur im Großherzogtum Luxemburg.

Amalie kommt dann auch für einige Wochen nach Bökendorf und besucht Annette von dort aus gelegentlich in Abbenburg, dem Gut von Annettes Verwandten, das in der Nähe liegt. Selbst Annettes Mutter, Therese von Droste-Hülshoff, zeigt sich angetan von der jungen Frau. Sie schreibt an Annettes Schwester Jenny im Mai 1837: *Sie* [Amalie] *ist gestern abgereist, Nette begleitet sie bis Kemperfeld und kömmt heute Abend* (...) *zurück. Male war beim Abschied traurig und hat mir versprochen, uns künftiges Jahr im Rüschhaus zu besuchen. Es ist ein sehr angenehmes, interessantes Mädchen und mir in diesen 4 Wochen sehr lieb geworden, viel lieber, wie ich geglaubt hätte.*

Haus Bökerhof (heutiger Zustand)

Trotz der angespannten Lage Ludwig Hassenpflugs scheinen die Wochen, die er mit seiner Familie in Bökendorf verbringt, nicht von Zukunftsangst überschattet gewesen zu sein. Die Droste erinnert sich gern an die Zeit und wünscht sie sich, vor allem aber ihre Freundin, zurück. In Erinnerung an das glückliche Zusammensein im Juli 1838 schreibt die Droste Anfang August 1839 aus Abbenburg: *...ich kann Dir nicht sagen wie sonderbar es mir zuerst vorkam, den Weg nach Böckendorf so herunter entlang zu sehn, und nicht zu gehn – überhaubt ihn so verödet zu sehn, mit der Gewißheit daß Niemand da herunter kommen konnte, – wie manches liebe Mahl habe ich Euch da aus meinem Fenster entgegen LORGNETTIRT, Dir, altes liebes Ding, oder dem Ludwig, oder der Agnes mit den Kindern, wenn sie von Weitem heran kamen, so klein wie eine Henne mit den Küchelchen – die Zeit kommt doch nie nie so wieder...*

Amalie hat nicht nur den Aufenthalt in Bökendorf genossen, sie hat sich auch mit Annette befreundet. Sie versucht sogar, Anna von Haxthausen davon zu überzeugen, ihre Verwandte endlich frei von Ressentiments zu betrachten. Im Juli 1838 schreibt sie ihr: *Es ist mir sehr viel werth Nette wiedergesehen zu haben, alles Beängstigende und Unsichere ist mir dadurch verschwunden, ich bin von ihrer Wahrhaftigkeit überzeugt und kann voll sagen, ich möchte in ihr lieber betrogen als jetzt fähig sein ihr zu mißtrauen. Ich kann nicht erwarten dein Urteil über sie zu ändern, Du wirst ganz einfach denken, die Nette hat die Male in der Tasche, und so ist's doch wahrlich nicht. Du kannst die alte Nette nicht vergessen, doch was sag ich viel drüber, hätt auch lieber gar nichts gesagt wenn ichs nicht als eine Verpflichtung gegen Nette hielte meine Freundschaft zu ihr nicht zu verbergen.*

Wenn die Freundinnen sich nicht sehen können, schreiben sie sich oft. Diese lebhafte Korrespondenz lässt sich allerdings nur aus den Briefen der Droste an andere Adressaten und aus Briefen Amalies, zumeist an Anna von Haxthausen, erschließen. Denn bis auf zwei unvollständig erhaltene Briefe vom 1. Juli 1839 und von Anfang August 1839 muss die Korrespondenz als verloren gelten. Nach dem Zeugnis Dorothea Hassenpflugs, der Nichte von Amalie, sollen beide Frauen ihren Briefwechsel wegen seiner Intimität vernichtet haben. Selbst in dem Brief vom 1. Juli 1839, in dem die Droste Amalie bittet, ihrem Schützling, Levin Schücking, doch die frei gewordene Stelle als Privatsekretär bei Ludwig Hassenpflug, der nun wieder in Amt und Würden ist, zu beschaffen, ist alles Persönliche getilgt. Nach seitenlangen Beschreibungen der positiven Eigenschaften des jungen Schücking heißt es am Ende des Briefes: *Nun mir dieser Stein vom Herzen ist, kann ich denn endlich zu Dir...,* der Rest ist abgeschnitten.

Auch der zweite überlieferte Brief der Droste an Amalie Hassenpflug ist unvollständig: es geht wiederum um eine Stelle, dieses Mal nicht mehr für Schücking, sondern für August von Haxthausen, der darauf hofft, den ehemaligen Posten Hassenpflugs in Sigmaringen zu erlangen. Immerhin teilt die Droste in diesem Brief ihrer Freundin mit, dass sie sich nach ihr und ihrer Familie sehnt.

Amalie Hassenpflug und Annette von Droste-Hülshoff haben sich, so steht es in einem Brief an den Drostefreund Schlüter vom Dezember 1838, sehr intensiv mit literarischen Fragen auseinander gesetzt. Amalie hat die Dichterin maßgeblich zu einer Arbeit über Westfalen angeregt. „Bei uns zu Lande auf dem Lande", begonnen im Dezember 1838, bleibt Fragment. Außerdem zeigt sich die Freundin als überaus kritische Leserin der Gedichtausgabe von 1838, wie die Droste im Dezember 1838 Professor Schlüter mitteilt: *Von meiner lieben Malchen Hassenpflug bekomme ich fleißig Briefe, und könnte Ihnen, wären wir nur zusammen, manches Interessante daraus mittheilen, – fast Keiner schließt ohne Grüße an Sie, die ich Ihnen hiermit in Bausch und Bogen übermache – leider bin ich mit Malchen in Allem was Kunst und Poesie betrifft nicht einer Meinung, da sie einer gewissen romantischen Schule auf sehr geistvolle aber etwas einseitige Weise zugethan ist, dennoch ist jedes ihrer Worte tiefgedacht, und sehr beherzigenswerth, sie wird mich aber nie in ihre Manier hinein ziehn, die ich nicht nur wenig liebe, sondern auch gänzlich ohne Talent dafür bin, was sie, verstockter Weise, nicht einsehn will. – Sie wissen selbst, lieber*

Freund, dass ich nur im Naturgetreuen, durch Poesie veredelt, etwas leisten kann, – Malchen hingegen ist ganz Traum und Romantick, und ihr spucken unaufhörlich die Götter der Alten, die Helden CALDERONS, und die krausen Mährchenbilder Arnims und Brentanos im Kopfe – so haben wohl nur die vielen Vor- und Gespenstergeschichten, der mannigfache Volksaberglaube ET CET unsers Vaterlandes sie dahin gebracht, bey meiner Halsstarrigkeit, FAUTE DE MIEUX, diesen Stoff in Vorschlag zu bringen, und ist das Buch fertig, d.h. wenn Sie mir dazu rathen, – so wird es ihr schwerlich genügen – in meinen Gedichten glaubt sie ein gutes Talent auf höchst traurigem Wege zu sehn, namentlich die S c h l a c h t i m L o e n e r B r u c h ist ihr durchaus fatal, sie nennt es ‚eine ganz verfehlte Arbeit, auf höchst widerhaarigem TERRAIN' – sie werden leicht hieraus folgern daß ihr des Arztes Vermächtniß am meisten zusagt, – da sie mich aufrichtig liebt, und Großes mit mir im Sinne hat, so quält sie mich unermüdet, und mit Bitten die einen Stein erweichen sollten, von meinen Irrwegen abzulassen – das ist eine harte Nuß!

Im Frühjahr 1839 treffen sich Amalie und Annette wieder. Anna von Arnswaldt erfährt am 13. Mai 1839 von Amalie, dass die Droste sich sehr um deren Schwägerin Agnes kümmert: *Nette hat eine gute Weise sie zum Sprechen zu bringen (...) Agnes thaut auch auf, Nette giebt ihr Singstunde und rühmt ihre Stimme. Ludwig hat schrecklich Freundschaft mit Sophie aber auch mit Nette verträgt er sich gut.*

Nach kurzer Abwesenheit wird Amalie von der Droste Ende des Sommers in Abbenburg zurückerwartet. Annette schreibt an Schlüter am 24. August 1839: *Nächstens giebt es aber einen Feyertag im Kalender, Malchen Hassenpflug kömmt – w a n n weiß ich nicht genau, doch darf ich schon in den nächsten Tagen anfangen sie zu erwarten, das ist doch wohl ein Fest! – mein Schreiben wird dann sehr unterbrochen werden, freylich auf die angenehmste Weise, dennoch ist es nicht gut, denn ich habe erst kürzlich angefangen, und bin eben recht im Zuge...*

Am 1. September 1839 trifft Amalie Hassenpflug in dem Bökendorf benachbarten Abbenburg, dem Gut der Haxthausens, ein. Nur zwei Tage später schreibt Annette geradezu enthusiastisch an Elise Rüdiger: *...nur von Malchen Hassenpflug habe ich Ihnen schon erzählt, – sie hat mich lange warten lassen, und die Freude war groß bey der Ankunft – sie ist doch gar lieb und schön! mir war ordentlich wunderlich zu Muthe, als sie die Treppe hinauf kam, und ich das stolze NOBLE Gesichtchen immer deutlicher erkannte, was in diesem Augenblicke, durch eine Bewegung der Liebe und Freude schöner war als je. – wir giengen auf meine Stube, und traten zusammen vor den Spiegel, weil sie ihr Haar ordnen wollte, – ich fuhr beschämt zurück, so miserabel nahm ich mich neben ihr aus, – ich sagte ihr dies auch, und sie antwortete, noch weinend vor Freude ‚Du bist wohl toll! ich denke eben, wie garstig ich neben dir aussehe' so blind macht die Freundschaft das gute Ding! – soll es Einem nicht freuen, wenn man so geliebt wird? denn dies war keine Ziererey, sondern ein unwillkührlicher Ausbruch, von beyden Seiten, so klar die Wahrheit leider nur auf Einer Seite stand. –* (...) *ach! Sie müsten sie kennen, Elise, ich wollte Alle kennten sie die mir lieb sind, und glauben Sie mir, es ist Etwas recht Gutes was ich meinen Freunden da wünsche, so viel Geist, Talent, und Gemüth findet man selten vereint, und noch obendrein in einer so edeln äußren Form.*

Nicht nur Annette fühlt sich geliebt, auch sie schaut die Freundin mit den Augen einer Liebenden an. Über keine ihrer Freundinnen hat sich die Droste so emotional, so zärtlich geäußert – vielleicht liegt auch da der Grund für die Vernichtung der Korrespondenz. Allein – nachweislich – vier Gedichte hat Annette Amalie Hassenpflug gewidmet: „Der Traum" (entstanden wohl Anfang 1842), „Locke und Lied" (ungefähr gleiche Entstehungszeit), „Spätes Erwachen" (vom Frühjahr 1844) und „Auch ein Beruf" (entstanden im August 1845). Im ersten Gedicht sieht das lyrische Ich die Freundin, die halb schlafend, halb unbewusst von einem kecken Finken entzückt ist. Das lyrische Ich reagiert mit Eifersucht.

Schon hob ich meine Hand hinauf
Mit leisem Schlage dich zu strafen,
Allein da wacht ich plötzlich auf
Und bin nicht wieder eingeschlafen;
Nur deiner hab' ich fortgedacht,
Säh dich so gern am grünen Haage,
Mich dünkt, so lieb wie in der Nacht
Sah ich dich noch an keinem Tage.

Im Eise schlummern Blum' und Zweig,
Dezemberwinde schneidend wehen,
Der Garten steht im Wolkenreich,
Wo tausend schönre Gärten stehen;
So golden ist kein Sonnenschein,
Daß er wie der erträumte blinke;
Doch du, bist du nicht wirklich mein?
Und bin ich nicht dein dummer Finke?

In „Locke und Lied“ sind das lyrische Ich und das angesprochene Du getrennt und können sich ihre Liebesgaben nur zusenden, aber die Lieder erscheinen blässlich, die Locke ringelt sich nicht mehr – die Freundschaft scheint erloschen, aber das lyrische Ich ist dennoch voller Hoffnung, mit Liebe die alte Vertrautheit wieder aufleben zu lassen. Zwischen 1839 und 1845 planen die Droste und Amalie Hassenpflug immer wieder, sich zu sehen. Alle Reisepläne können nicht realisiert werden. Vielleicht ist das Gedicht geschrieben worden in Erwartung eines Wiedersehens, einer neuen Befestigung der Freundschaft.

Auch deine Locke hat sich gestreckt,
Verdrossen, gleich schlafendem Kinde,
Doch ich hab' sie mit Küssen geweckt,
Hab' sie gestreichelt so linde,
Ihr geflüstert von unserer Treu',
Sie geschlungen um deine Kränze,

Und nun ringelt sie sich aufs neu,
Wie eine Rebe im Lenze.

Wenig Wochen, dann grünet der Stamm,
Hat Sonnenschein sich ergossen,
Und wir sitzen am rieselnden Damm,
Die Händ' in einander geschlossen.
Schaun in die Welle, und schaun in das Aug'
Uns wieder und wieder und lachen,
Und Bekanntschaft mögen dann auch
Die Lock' und der Liederstrom machen.

Das Treffen im Frühherbst 1839 ist für lange Zeit das letzte, ein geplanter Besuch Amalies im Rüschhaus 1841 kommt nicht zustande. Und als Ludwig Hassenpflug ab 1841 in Berlin tätig ist, folgt ihm seine Schwester Amalie ein Jahr später, um sich verstärkt um die Kinder zu kümmern und die Schwägerin zu entlasten. Im Frühjahr 1843 berichtet die Droste ihrer Schwester Jenny von Amalies Umzug. Sie bedauert die Freundin, die nicht gerne nach Berlin gegangen ist, kann sich aber beruhigen mit dem Gedanken, dass Bruder und Schwägerin *sie auf Händen* tragen und dass sie der Liebe der Kinder sicher sei.

Das Verhältnis Amalies zu den Bökendorfern ist sehr angespannt, wie die Droste weiß. Diese hatten versucht, die evangelische Amalie zu bekehren. Dafür hat Annette kein Verständnis: *...ihre Religion liegt ihr natürlich eben so am Herzen, als uns die unsrige.* Im Sommer 1843 erfährt die Droste in einem nur unvollständig überlieferten Brief von der neu erwachten Religiosität Amalies. Wohl im Juli hat Amalie ihr – in einem verloren gegangenen oder vernichteten Brief – vielleicht leicht exaltiert davon berichtet und dabei wohl auch um ein Wiederaufleben der Freundschaft gebeten. Annette schreibt an Elise Rüdiger: *...äußerlich und innerlich, so Vieles in ihr umgestaltet, wofür sie, in unserm früherem Zusammenleben, den Berührungspunkt bey mir nicht zu finden wisse, daß ein* *persönliches Zusammenseyn durchaus nöthig geworden sey, um die alte Liebe nicht zu verwirren, und uns wieder klar gegen einander zu stellen – Begreifen Sie, Elise, daß mich bey dieser Feyerlichkeit ein kleiner Schauder überläuft? – mich, die zwar Gott täglich bittet ihre Fehler zu mäßigen und ihre Schwächen zu leiten, aber sich zu dieser* RELIGIÖSEN *Höhe, auf der ich Malchen jetzt vermuthen muß, durchaus nicht hinauf schwingen kann. – Gott behüte mich nur vor Heucheley in einer so heiligen Sache!*

Und als 1845 Amalies Vertraute, die von ihr fast als Heilige verehrte Margarethe Verflassen, mit 36 Jahren stirbt, ist die Droste bekümmert und hat Mitleid mit der Freundin, wie sie ihrer Tante Sophie von Haxthausen mitteilt: *Wißt ihr noch nichts von Male? Ich bin sehr besorgt um sie; – das Düstere hat doch bei ihr das Uebergewicht; – aus einem Grunde ist's vielleicht gut, daß sie Gretchen nicht mehr lebend getroffen, – sie hätte ihr gewiß zugeredet katholisch zu werden, und sicher ohne Erfolg, was dann für Malchens ganzes Leben eine quälende Erinnerung gewesen wäre, – und das arme Ding hat doch nicht zu viel Freude auf der Welt! Wenn ich nur erst weiß, wo sie ist, möchte ich ihr so gern schreiben.*

Wohl im März 1845 schreibt die Droste das Gedicht „Das Bild“, das sehr wahrscheinlich auch Amalie gewidmet ist. Zumindest hat Anna von Arnswaldt bei einer Abschrift des Gedichts für ihren Sohn hinzugesetzt „An Tante Male“. Es wird angenommen, dass Amalie Hassenpflug Annette von Droste-Hülshoff ein Bild von sich, womöglich eine Daguerreotypie schickt, wenn sie die Freundin schon nicht besuchen kann.

Im Gedicht erlebt das lyrische Ich, dass Betrachter das Bild nicht ähnlich finden, weil sie kleine, bedeutsame Einzelheiten nicht erkennen, weil sie der Dargestellten nicht so eng verbunden sind. Für das lyrische Ich beschwört das Bild Erinnerungen herauf.

Was fremd dahin will ich nicht schauen,
Ich will nicht wissen wo sie brennt,
Ob an der Lipp', ob in den Brauen,
Die Flamme, die dein Herz nicht kennt;
Ich will nur sehn in deine Augen,
Den einen reinen Blick nur saugen,
Der leise meinen Namen nennt.

Amalie Hassenpflug,
Gemälde von Carl Andrea, 1848

Im zweiten Teil wird das Altern beklagt. Doch im dritten Teil kann das lyrische Ich sich und der auf dem Bild Dargestellten ganz beruhigt sagen, dass die Bilder, die nun heraufbeschworen werden – Erinnerungen an bestimmte Situationen, in denen sie die Freundin sieht – eine liebevolle Betrachtung erlauben, die nie veralten kann.

Auch räumlich getrennt sind sich die beiden Frauen nah, so zeigt sich Amalie 1843 sehr besorgt, als sie zufällig von Adele Schopenhauer, die kurzzeitig in Berlin ist, von Annettes schwerer Erkrankung erfährt: *...ich wußte mich nur schwer zu fassen...*

Im Juli 1845 sehen sich Annette von Droste-Hülshoff und Amalie Hassenpflug zum letzten Mal. Die Droste muss in Abbenburg einen Onkel pflegen, Amalie ist zu Besuch in Bökendorf. Elise Rüdiger wird von Annette mitgeteilt: *In Bökendorf ists krimmelvoll, bis unters Dach, ein halbes Dutzend Tanten und Nichten mit ihren Familien dort, – wenn ich, so etwa um den dritten Tag, auf eine Stunde hingehe, um meine Aufwartung zu machen, komme ich halb taub und ganz duselig zurück, – hierhin kommen sie nicht oft, weil es den Onkel angreift, so sehe ich die Male auch selten, und wir haben gar wenig von unserm Wiedersehn nach sechs Jahren, – das arme Herz ist noch sehr herunter von ihrem Schrecken und Kummer, aber ihr thut das Gewirre gut, und zerstreut sie, während es mich nur rein C O N F U S macht, und doch ist sie von Natur viel ernster als ich – freylich, B e r l i n und R ü s c h h a u s ! – da mag ihr noch wohl als ländliche Ruhe vorkommen, was mir ist wie ein summender Bienenkorb.“*

Elise Rüdiger scheint das rechte Verständnis für Amalie Hassenpflug gefehlt zu haben, denn Anfang August 1845 schreibt ihr die Droste über Amalie: *...sie ist durchaus nicht veränderlich, aber manches Andre was wohl so aussehn kann, z.B. sehr düster und zur Melancholie geneigt, sitzt am liebsten allein, lesend und grübelnd, nimmt aber (auf Zureden ihrer Freunde) von Zeit zu Zeit Anläufe sich heraus zu reißen, die dann heftig sind, aber nicht anhalten; – in solchen Zeiten bekommen dann auch ihre entfernten Freunde*

Briefe von ihr, oft mehrere hinter einander, und dann wieder jahrelang keine Zeile, – das ist keine Veränderlichkeit, denn sie trägt sogar v i e l e Menschen tief im Herzen, spricht sehr gern und sehnsüchtig von ihnen, und denkt noch mehr an sie, aber zum eigentlichen Umgange ist sie merkwürdig unfähig, – sie hat hierin viel Aehnliches mit Junkmann, voll Liebe und voll Unruhe – nur daß Jenen seine Unruhe mehr hinaus, die ihrige sie in die Einsamkeit treibt, wo sie dann über Gedanken brütet, und weinen möchte vor Liebe und Sehnsucht nach Personen, die sie sich doch nicht entschließen kann zu besuchen, oder eine Feder für sie anzusetzen.

Das Gedicht „Auch ein Beruf", das die Droste in diesem August 1845 schreibt, erinnert an den Abschied der beiden Frauen 1838. Amalie sollte nach Italien gehen, um Margarethe Verflassen in der Pflege Amalie Zuydtwycks, der geliebten *Veronica,* abzulösen, und die Droste pflegte einen Onkel. Zunächst ist das lyrische Ich voller Zorn über die Pflichten, die unverheirateten Frauen auferlegt werden:

Von keines Heerdes Pflicht gebunden,
Meint Jeder nur, wir seien, grad
Für sein Bedürfniß nur erfunden,
Das hülfbereite fünfte Rad.
Was hilft es uns, daß frei wir stehen,
Auf keines Menschen Hände sehen?
Man zeichnet dennoch uns den Pfad.

Wo dicht die Bäume sich verzweigen,
Und um den schlanken Stamm hinab,
Sich tausend Nachbaräste neigen,
Da schreitet schnell der Wanderstab.
Doch drüben sieh die einzle Linde,
Ein Jeder schreibt in ihre Rinde,
Und Jeder bricht ein Zweiglein ab.

O hätten wir nur Muth, zu walten
Der Gaben die das Glück bescheert!
Wer dürft uns hindern? Wer uns halten?
Wer kümmern uns den eignen Heerd?
Wir leiden nach dem alten Rechte:
Daß wer sich selber macht zum Knechte,
Nicht ist der goldnen Freiheit werth.

Doch als dann die einsame Linde einigen durch ein Gewitter gefährdeten Menschen Schutz gewährt, wird das als Hinweis darauf verstanden, was Gott von ihnen verlangt: nicht Aufbegehren, nicht Trotz, sondern liebevolles Sorgen für die Bedürftigen.

Wie kämpfte er mit allen Gliedern
Zu schützen was sich ihm vertraut!
Wie freudig rauscht er, zu erwiedern
Den Glauben, der auf ihn gebaut!
Ich fühlte seltsam mich befangen,
Beschämt, mit hocherglühten Wangen,
Hab' in die Krone ich geschaut.

Des Baums der, keines Menschen Eigen,
Verloren in der Haide stand,
Nicht Früchte trug in seinen Zweigen,
Nicht Nahrung für des Heerdes Brand,
Der nur auf Gottes Wink entsprossen
Dem fremden Haupte zum Genossen,
Dem Wandrer in der Steppe Sand.

Zur Freundin sah ich, sie herüber,
Wir dachten Gleiches wohl vielleicht,
Denn ihre Mienen waren trüber
Und ihre lieben Augen feucht.
Doch haben wir kein Wort gesprochen,
Vom Baum ein Zweiglein nur gebrochen,
Und still die Hände uns gereicht.

Amalie verlebt die nächsten Jahre hauptsächlich bei ihrem Bruder, zunächst in Berlin, ab 1850 wieder in Kassel. Sie schreibt die Biographie der verehrten Margarethe Verflassen und kümmert sich intensiv um ihre Nichte Dorothea aus der ersten Ehe ihres Bruders mit Lotte Grimm. Seit 1866 wohnt Amalie Hassenpflug auf der Meersburg. Annettes Nichten, Hildegard und Hildegunde von Laßberg, gewähren ihr für ihre letzten Lebensjahre Unterschlupf. Besonders an Hildegunde, genannt Gundel, schließt sie sich eng an. Am 4. Juli 1871 stirbt Amalie Hassenpflug an den Folgen eines Schlaganfalls. 23 Jahre nach dem Tod ihrer Freundin Annette am 24. Mai 1848 wird sie neben ihr beigesetzt.

Grabstätten auf dem Meersburger Friedhof,
von links nach rechts:
Annette von Droste-Hülshoff, Amalie Hassenpflug,
Hildegunde von Laßberg, Hildegard von Laßberg

Sibylle Mertens-Schaaffhausen

Sie ist eine sonderbare Frau

Am 21. Februar 1826 schreibt die Droste aus Köln an ihre Schwester, sie zählt ihre Weihnachtsgeschenke auf, berichtet vom Karnevalstreiben, von Bällen, die sie besucht hat, von ihrem gesellschaftlichen Umgang. Doch häufig gibt es Störungen beim Schreiben: *...ich muß wieder abbrechen, denn eine gute Bekannte von mir, Frau Mertens, die nicht weit von hier wohnt, läßt mich eben bitten, zu ihr herüber zu kommen, sie ist krank.* Diese Frau Mertens hat Annette von Droste-Hülshoff bereits kurz in einem Dezemberbrief 1825 erwähnt.

Im Oktober 1825 ist die Droste zu einem Verwandtenbesuch an den Rhein aufgebrochen. Sie lebt – bis April 1826 – abwechselnd in Köln und Bonn. In Köln wohnt sie bei ihrem Onkel Werner von Haxthausen und seiner jungen Frau Betty, in Bonn bei ihrem Lieblingsonkel Moritz Elmershaus von Haxthausen. Dieser älteste Bruder ihrer Mutter hatte eine Protestantin geheiratet und deshalb auf sein Erbe verzichtet. Ihr zweiter Bonner Wohnsitz ist bei ihrem Vetter Clemens August von Droste-Hülshoff, dem Professor für Kirchengeschichte, und seiner Frau Pauline. Ende Oktober wird die Droste, vermittelt durch Werner von Haxthausen, der Kölner Bankiersgattin Sibylle Mertens-Schaaffhausen begegnet sein. Die beiden fast gleichaltrigen Frauen haben viele Gemeinsamkeiten, die eine freundschaftliche Annäherung erleichtern. Beide sind musikalisch, Sibylle ist eine brillante Pianistin, beide zeichnen recht gut und beherrschen mehrere Sprachen.

Aber das entscheidende Bindeglied zwischen ihnen wird die Sammelleidenschaft für Münzen, Gemmen, Versteinerungen etc... Während die Droste nur im bescheidenen Rahmen Antikaglien ankaufen kann, ist es Sibylle aufgrund ihrer hervorragenden Vermögenslage möglich, großzügig auch Gemälde, Statuen und andere Kunstwerke zu erwerben. Im Gegensatz zur reinen Liebhaberin Annette von Droste-Hülshoff ist Sibylle eine Spezialistin, die sich schon als Kind, angeleitet von ihrem Vater, besonders für die Numismatik interessiert.

Sibylle Mertens-Schaaffhausen (1797 – 1857)
Ausschnitt aus einem Familienbild aus dem Jahr 1843
von Professor Carl Schmid

Sibylle, geboren 1797, ist die älteste Tochter des Bankiers Abraham Schaaffhausen, ihre Mutter starb wenige Tage nach ihrer Geburt. Sibylles Kindheit wird überschattet durch die spürbare Abneigung der Stiefmutter gegen das Mädchen, das sich immer gegenüber ihren Stiefgeschwistern zurückgesetzt fühlt. So manche Verhärtung ihres Wesens hat Sibylle Mertens-Schaaffhausen später auf die unglücklichen häuslichen Verhältnisse zurückgeführt. Nur am Vater, der seiner begabten Ältesten den besten Unterricht erteilen lässt, hängt sie mit großer Liebe. Auf seinen Wunsch hin heiratet sie mit neunzehn Jahren den leitenden Angestellten der Bank, Louis Mertens. Die Ehe, aus der sechs Kinder hervorgehen, gestaltet sich schwierig und kann sehr bald als unglücklich gelten. Räumliche Trennung macht das angespannte Verhältnis erträglicher. Ab 1824 hält sich Sibylle häufig auf ihrem Landgut, dem Auerhof, in Plittersdorf bei Bonn auf, und ab 1832 hat sie auch ein großes Wohnhaus in Bonn. Louis Mertens muss, wegen der Bankgeschäfte, oft in Köln sein. Sibylle Mertens-Schaaffhausen kompensiert ihre unglückliche Ehe durch gesellschaftlich-kulturelle Aktivitäten. Sie hat einen Salon, in dem sie Gelehrte und Künstler empfängt, in dem sie Konzerte veranstaltet und zu glänzenden Ballveranstaltungen einlädt. Welch ein Unterschied zum zurückgezogenen Leben Annette von Droste-Hülshoffs!

Vor allem aber stürzt sich Sibylle Mertens enthusiastisch, auch fordernd, in Freundschaften – mit Frauen. Alle emotionalen Entbehrungen sollen dadurch ersetzt werden. Als ihre engste Freundin Adele Schopenhauer, mit der sie eine Lebensgemeinschaft verband, 1834 Ottilie von Goethe klagt, Sibylle begegne nun schon wieder einer anderen jungen Freundin, der englischen Schriftstellerin Anna Jameson, mit Zuneigung, obwohl sie doch gleichzeitig eine Affäre mit dem Maler Wilhelm Wach habe, analysiert Goethes Schwiegertochter sehr klar Sibylles Problem: *...ihr Hauptunglück bestand darin keinen Mann geliebt zu haben, das gab ihr diese Wunderbarkeit der Empfindung in der Freundschaft – denn diese Art ist zwischen Frauen nicht natürlich. Sie hatte die*

Freundin als Surrogat des Geliebten, – deshalb war sie so anfordernd, so leidenschaftlich, – und hat sie wirklich wieder dieselbe Weise für die Jameson, so möchte ich daraus behaupten, sie liebte Wach nicht und die Jameson wäre ihr der maskierte Liebhaber.

Sicherlich ist die Droste von dieser schillernden, faszinierenden, weltläufigen Persönlichkeit, die niemals ihre Bodenständigkeit verloren hat, was sie als Gutsherrin täglich beweisen kann, fasziniert. Die beiden Frauen ergänzen sich und scheinen einander gut zu tun. Betty von Haxthausen, bei der die Droste in Köln wohnt, schreibt am Neujahrstag 1826 an ihre Schwiegermutter: *...Anna war begierig, wie Nette mit der Mertens harmonisieren würde, und dies geht ganz vortrefflich; sie fühlten sich in geistiger Hinsicht wechselseitig angezogen; die Mertens, welche leider sehr kränkelt, wird durch Nette sehr erheitert; und Herr Mertens ist ganz charmiert in sie, und möchte sie in seinem Hause etabliert sehen, um sich an ihren lebendigen Erzählungen ergötzen zu können; auch mir (...) gefällt Nette bei näherer Bekanntschaft immer besser; sie mag wohl manche frühere Schwäche abgelegt haben und zeigt sich jetzt nur von einer wirklich gutmüthigen und liebenswürdigen Seite...*

Blick in die Wilhelmstraße, Bonn, um 1835
Hier befand sich das Stadthaus von Sibylle Mertens-Schaaffhausen

Ab Mitte Februar 1826 wird die Droste zum ersten und nicht zum letzten Mal von der Mertens als Krankenpflegerin gebraucht. Zurückgekehrt nach Hülshoff, schreibt Annette am 25. April 1826 einen Entschuldigungsbrief an ihre Tante Betty nach Köln und bittet um Verzeihung, falls sie bei ihrem Aufenthalt *Kummer und Unannehmlichkeit gemacht habe.* Sie bittet, alle Bekannten zu grüßen, aber *der Mertens schreibe ich selber.* Briefe sind nicht überliefert. Bei einem kürzeren Besuch 1829 am Rhein kommt die Droste Anfang Mai auch nach Bonn und hat vielleicht Sibylle in Plittersdorf besucht, dort mag sie auch zum ersten Mal Adele Schopenhauer begegnet sein. Die Droste ist zwischenzeitlich häufig krank gewesen: rasende Kopfschmerzen, Migräneanfälle (bis zur Gesichtslähmung), Schlaflosigkeit, Augenschmerzen, depressive Phasen. Nach dem Tod ihres Bruders Ferdinand im Sommer 1829 steigert sich ihre Schwermut zur Angst, an einer Geisteskrankheit zu leiden. Die Familie ist mehr als besorgt und schlägt zur Ablenkung eine Reise an den Rhein vor. Vom Herbst 1830 bis zum Frühjahr 1831 wird sie in Bonn bei Clemens August von Droste-Hülshoff und seiner Frau Pauline wohnen – mit Unterbrechungen, denn bereits im Oktober 1830 teilt sie ihrer Mutter mit, sie sei in Plittersdorf gewesen bei der kranken Sibylle: *...es waren aber nur Krämpfe, und so konnte ich nach drei Tagen wieder hieher gehen, – sie brachte mich sogar selbst zurück, obgleich sie in den Tagen, die ich bei ihr war, mehrere Male vor Schmerzen ohnmächtig wurde...* Und als wohlerzogene Tochter und brave Nichte kann sie versichern: *Ich bin nur erst dieses einzige Mal in Plittersdorf gewesen, und gehe auch wohl nicht wieder hin (...) denn Pauline ist sonst so allein, da Clemens immer viel zu thun hat (...) Ich auf meine eigne Hand gehe gar nicht aus, außer nach Onkel Moritz...*

Bereits in diesem Brief heißt es über Louis Mertens, er klage über Langeweile und sei häufig übler Laune. Obwohl der Ehemann Sibylles von der Droste wohl recht angetan ist, sieht sie ihn mehr als kritisch. In einem Brief an Jenny vom 20. März 1831 steht lapidar: *...ich will Nichts Uebles von H e r r n M e r t e n s sagen, ich sage*

Der Auerhof bei Plittersdorf

man nix, als en Ochs und en Esel in eine Person, und en Elephant dazu'...

Die Gesundheit Annettes kräftigt sich zusehends, nur so kann sie auch die harten Anforderungen, die bald auf sie zukommen werden, körperlich überstehen. Ende Januar 1831 zieht sich Sibylle Mertens-Schaaffhausen bei einem Sturz eine schwere Gehirnerschütterung zu, die Droste eilt – auf Bitten ihrer Freundin – auf den Auerhof nach Plittersdorf. Bis Mitte März wird die Droste bei Sibylle bleiben und die Verwandten vernachlässigen. Wohl auch, um sich zu rechtfertigen, hat sie diese Zeit in den Briefen an ihre Mutter ausführlich beschrieben, so am 7. Februar 1831:

Mein Brief ist schon fast acht Tage alt geworden; – ich bin hier um die M e r t e n s zu pflegen, die sich, grade am Tage wo ich angefangen zu schreiben, durch einen Stoß sehr am Kopfe verletzt hatte; – ich habe viel Angst um sie ausgestanden, – aber jetzt wird, hoffentlich, alle Gefahr überstanden sein, – doch ist sie noch sehr schwach und schläft des Nachts äußerst wenig. – Doch Gottlob daß die Schmerzen im Kopf nicht zur eigentlichen Entzündung gekommen sind; – sie hat diese Nacht einige Stunden geschlafen, und hat guten Appetit...

Am 19. März 1831:
Was du von mir denkst, meine liebe alte Mama, das weiß der liebe Gott, aber das weiß ich wohl, daß ich ganz unschuldig bin, und in den letzten vier Wochen oft nicht wußte, wo mir der Kopf stand. Ich bin jetzt schon in der 5ten Woche bei der Mertens, die sehr gefährlich krank gewesen ist, – ich habe viel Last gehabt, so viel wie in meinem Leben noch nicht. – Ich habe die arme Mertens Tag und Nacht verpflegt – fast ganz allein, – denn ihrer Kammerjungfer hatte sie, grade zuvor, aufgesagt, weil sie trinkt, und konnte sie nun gar nicht mehr um sich leiden, (...) ihre beiden ältesten Mädchen sind in der P e n s i o n , – Adele Schopenhauer immer k r a n k, – so war ich die Nächste zu der Sache. – Die arme Billchen hat, die ersten 14 Tage, keine einzige Stunde geschlafen, – jetzt ist es viel besser, aber doch stehe ich fast jede Nacht ein- oder ein paar Mal auf. Dabei habe ich die ganze Haushaltung übernommen, und gewiß mehr als 20 Schlüssel täglich zu gebrauchen; zwischendurch muß ich dabei nach den Kindern sehn (...) Ich thue das Alles herzlich gern und befinde mich wohl dabei, aber müde müde bin ich oft, wie ein Postpferd, Ich bin in dieser Zeit nur einmal, auf eine Stunde nach Bonn gefahren... Und weiter schreibt sie:
Die Mertens war so elend, so matt, daß ich dachte, sie wäre in den letzten 14 Tagen der S c h w i n d s u c h t , aber es sind alles nur K r ä m p f e gewesen – sie ist jetzt besser – das K o p f ü b e l ist gehoben, sie nimmt stärkende Bäder, wornach, wie der Arzt meint, ihre Kräfte sich vielleicht s e h r b a l d wieder herstellen werden. – Die A d e l e ist gekommen mich abzulösen (...) Ach Gott, was habe ich für Angst ausgestanden! – Wie Dein letzter lieber Brief kam, war Alles so, daß ich keine Minute von ihrem Bette gehn und an kein Schreiben denken konnte, – sie war den Tag gerade so, dass sie fast gar nicht mehr sprach, und 24 Stunden lang Nichts aß, weil sie vor Schwäche n i c h t s c h l u c k e n konnte. – Und doch ist keine Todesgefahr da, wie der Doktor versicherte...

Die vielen am Krankenbett verbrachten Wochen, die Sorge um die geliebte Freundin und der Schmerz über die Entfremdung der beiden Frauen spiegelt sich in dem Gedicht „Nach fünfzehn Jahren“, das sie im Sommer 1842 schreibt und das das Ende der Freundschaft beklagt:

Wie hab' ich doch so manche Sommernacht,
Du düstrer Saal, in deinem Raum verwacht!
Und du, Balkon, auf dich bin ich getreten,
Um leise für ein theures Haupt zu beten,
Wenn hinter mir aus des Gemaches Tiefen
Wie Hülfewimmern bange Seufzer riefen,
Die Odemzüge aus geliebtem Mund;
Ja, bitter weint' ich – o Erinnerung! –
Doch trug ich muthig es, denn ich war jung,
War jung noch und gesund.

Du Bett mit seidnem Franzenhang geziert,
Wie hab' ich deine Falten oft berührt,
Mit leiser leiser Hand gehemmt ihr Rauschen,
Wenn ich mich beugte durch den Spalt zu lauschen,
Mein Haupt so müde daß es schwamm wie trunken,
So matt mein Knie daß es zum Grund gesunken!
Mechanisch löste ich der Zöpfe Bund
Und sucht im frischen Trunk Erleichterung;
Ach, Alles trägt man leicht, ist man nur jung,
Nur jung noch und gesund!

Und als die Rose, die am Stock erblich,
Sich wieder auf die kranke Wange schlich,
Wie hab' ich an dem Pfeilertische drüben
Dem Töchterchen geringelt seine lieben
Goldbraunen Löckchen! wie ich mich beflissen,
Eh ich es führte an der Mutter Kissen!
Und gute Sitte flüstert' ich ihm ein,
Gelobte ihm die Fabel von dem Schaf
Und sieben Zicklein, wenn es wolle brav,
Recht brav und sittig seyn.

Und dort die Hütte in der Tannenschlucht,
Da naschten sie und ich der Rebe Frucht,
Da fühlten wir das Blut so keimend treiben,
Als müss' es immer frisch und schäumend bleiben;
Des Ueberstandnen lachten wir im Hafen:
Wie ich geschwankt, wie stehend ich geschlafen;
Und wandelten am Rasenstreifen fort,
Und musterten der Stämmchen schlanke Reihn,
Und schwärmten, wie es müsse reizend seyn
Nach fünfzehn Jahren dort!

O fünfzehn Jahre, lange öde Zeit!
Wie sind die Bäume jetzt so starr und breit!
Der Hütte Thür vermocht ich kaum zu regen,
Da schoß mir Staub und wüst Gerüll entgegen,
Und an dem blanken Gartensaale drüben
Da steht 'ne schlanke Maid mit ihrem Lieben,
Die schaun sich lächelnd in der Seele Grund,
In ihren braunen Locken rollt der Wind;
Gott segne dich, du bist geliebt, mein Kind,
Bist fröhlich und gesund!

Sie aber die vor Lustern dich gebar,
wie du so schön, so frisch und jugendklar,
Sie steht mit Einer an des Parkes Ende
Und drückt zum Scheiden ihr die bleichen Hände,
Mit Einer, wie du nimmer möchtest denken,
So könne deiner Jugend Fluth sich senken;
Sie schaun sich an, du nennst vielleicht es kalt,
Zwei starre Stämme, aber sonder Wank
Und sonder Thränenquell, denn sie sind krank,
Ach, Beide krank und alt!

Eine zusätzliche Belastung in der Zeit stellen die Eifersuchtsszenen der schwierigen Adele Schopenhauer dar, die sich mit der von ihr vorher so geschätzten Droste fast ganz entzweit. Als die gesundheitlich leidlich wiederhergestellte Sibylle aber immer noch unter Schwermut leidet (wohl auch unter der Anwesenheit ihres Mannes), fragt die Droste ihren Bruder Werner, ob er die Freundin nicht auf ein paar Wochen nach Hülshoff einladen könne. Eine Antwort ist nicht überliefert. Da hat Louis Mertens einen anderen Plan und schreibt Anfang Mai 1831 nach Köln an seinen Freund, den Kunsthistoriker Matthias Joseph de Noël: *Meine Frau hat Lust, mit der Fräulein von Droste eine Reise nach der Schweiz, namentlich nach Vevey zu machen, in der Hoffnung, da ihre Gesundheit wiederzuerlangen. Wollen Sie diese mitmachen? Ich gebe Wagen und Pferde dazu, die übrigen Depensen macht jeder nach seinem Vergnügen und Willen. Die Abreise könnte in der Mitte oder gegen Ende Mai statthaben. Ueberlegen Sie die Sache, Sie sind ein so angenehmer Chevalier, daß ich gerne Sie als Begleiter sähe.*

Die Reisevorbereitungen laufen, Adele Schopenhauer leidet Qualen, weil sie, die sich Sibylle so eng verbunden fühlt, nicht als Begleiterin vorgesehen ist. Das mag in der unüberwindlichen gegenseitigen Abneigung zwischen Louis Mertens und ihr begründet sein. Aber die Droste muss natürlich als unverheiratete Tochter die Mutter um Erlaubnis fragen. Und es ist kaum verwunderlich: Aus Rüschhaus kommt nicht nur ein unmissverständliches Nein, der Droste wird auch befohlen, nach Hause zu kommen, um sie aus der Nähe solch *gefährlicher* Personen zu entfernen.

Therese von Droste-Hülshoff schreibt am 18. Juli 1831 – die Droste ist seit dem 9. Juni wieder im Rüschhaus – an Sophie von Haxthausen: *Nun wegen Nette ihrer R e i s e m i t d e r M e r t e n s. Diese ist wirklich im Werke gewesen und es lag nur an meiner Einwilligung. Aber sage selbst, liebes Söphchen, konnte ich die geben? Erstens kann Nette ohne Vormund und Geschäftsführer gar nicht in der Welt bestehen. Dies ist hier Jänny, in Bonn war es Pauline. Die Mertens stelle ich nun gerade so für, nur noch um ein Nötchen schlimmer, jetzt so gar um vieles schlimmer, da sie körperlich und g e i s t i g krank (quasi halb verrückt) war. Diese beiden dusseligen P r i n z e s s i n n e n wollten und sollten nun auf ihre e i g e n e Hand wie ein paar Meteore im südlichen Frankreich, in der Schweiz umherziehn, dies war Herr Mertens sein Plan, der nicht h a l b , sondern g a n z verrückt ist.*

Besonders empörend findet Frau von Droste-Hülshoff, dass ihre Tochter selbst die Reisekosten tragen müsse, und sie mutmaßt, Herr Mertens wolle wohl das Geld für eine Gesellschafterin sparen.

Erst im Sommer 1834 scheinen Sibylle und die Droste wieder den Kontakt aufgenommen zu haben. Annette von Droste-Hülshoff hat längere Pausen in ihrer Korrespondenz nicht als ungewöhnlich empfunden. Im November 1832 wundert sich ihre Schwester Jenny in einem Brief: *...ich kann ächt nicht begreifen wie Nette so fortleben kann ohne Briefe zu bekommen und zu schreiben, mir wäre es unmöglich, so wie mich Jahrelang von meinen Bekannten fast ganz loszusagen, und dann auf einmahl mit Heftigkeit die alte Freundschaft fortzuführen, um sie bald darauf wieder zu vergessen.*

Im Sommer schickt die Droste die Endfassung ihrer Epen „Das Hospiz auf dem großen St. Bernhard“ und „Des Arztes Vermächtniß“ in einer leserlichen Abschrift an Sibylle Mertens-Schaaffhausen. Sie bittet um das Urteil der Freundin, von Adele Schopenhauer und von Professor Eduard D'Alton, den sie bei ihrem Bonn-Aufenthalt schätzen gelernt hat. „Des Arztes Vermächtniß“ widmet sie Sibylle mit folgendem Gedicht:

Nicht wie vergangner Tage heitres Singen
Der Ton den ich in frischer Jugend fand,
Nein anders muß das düstre Lied erklingen
Das schaudernd sich dem kranken Haupt entwand,
Doch wag ich's dir, du treues Herz zu bringen
Gelang es, oder mocht es nicht gelingen,
Vertrauend leg ich's in der Liebe Hand
Wohl war er schön, wohl muß ich ihn beklagen
Der frohe Blick, der ungetrübte Sinn,
Doch naht die Mittagssonne unsren Tagen

So reift die Frucht, und ist die Blume hin,
Was soll ich dir, mein zweites Selbst, noch sagen
So bin ich, und so muß mich Billchen tragen;
Nicht wahr, mein Kind, du nimmst mich wie ich bin.

Die Droste hofft auch auf Ratschläge – vielleicht von der erfahrenen Schriftstellerin Johanna Schopenhauer, der Mutter Adeles – bei der Suche nach einem Verleger. Obwohl Sibylle die Sendung überschwänglich aufnimmt, lässt sie, auch auf wiederholte Anfrage der Droste, dann nichts mehr von sich hören. Im August 1834 wird die Droste porträtiert; das Bild will sie Sibylle schenken: Zeichen der Verbundenheit und/oder leichtes Druckmittel?

Auf das Schweigen Sibylles reagiert die Droste am 19. Februar 1835 mit großer Enttäuschung und Zorn: *Du kannst wohl nicht zweifeln, daß für dieses Mahl von meinen Gedichten die Rede ist, die ich so mühsam für dich abschrieb, und dafür Nichts verlangte, als daß du sie mir mit Adelen und D'Alton kritisch durch sehn mögest, da ich befürchte, daß durch all zu vieles Streichen Manches unzusammenhängend geworden, dem aber durch Einschieben des Gestrichnen leicht zu helfen, auch sonst, fürchtete ich, sey manches zu gewagt ET CET, (du magst das Weitere in den zwey zu jener Zeit geschriebnen Briefen nachsehn...) ferner um Anweisung bat ich, an Wen ich mich wohl wegen des Verlags zu wenden, und auf welche Weise, – hättest du nur nicht so enthusiastisch, so überaus dienstwillig geantwortet, und hätte ich Dir nur nicht so fest geglaubt und mit so ängstlicher Spannung von einem Posttage zum andern geharrt, es würde mich weniger geärgert haben, daß so g a r N i c h t s geschehn ist, ich würde nicht so allen Muth und Lust verloren haben, je wieder Etwas zu unternehmen,* (...) *laß Dich, durch das was ich geschrieben, nur ja nicht verleiten, Dich etwa jetzt, mit deinen Kopfleiden, grade recht MAL A PROPOS an die Sache zu geben, laß sie überall beruhn, du kannst ohne Adelen doch nicht voran, und meine letzte Frage oder Bitte betrifft sie allein, darum werde ich ihr schreiben sobald ich besser bin.*

Die Forschung geht mittlerweile davon aus, dass Sibylle Mertens-Schaffhausen sich aus Rücksicht auf Annette nicht zu ihren zugesandten Werken äußerte. Ihr selbst hatten die Epen nicht gefallen, D'Altons Gutachten war negativ, lediglich Adele Schopenhauers Urteil fiel günstig aus. Allerdings ist das Manuskript auch nicht mehr auffindbar, als die Droste im Juli 1835 bei einer Zwischenstation in Bonn – auf der Fahrt nach Eppishausen zu ihrer mittlerweile mit Joseph von Laßberg verheirateten Schwester Jenny – Sibylle aufsucht. Sie berichtet ihrem Bekannten Professor Schlüter etliche Monate später: *...was fand ich in Bonn? – Nichts! nämlich die Frau Mertens abgereist nach Italien, wo sie ein rundes Jahr zu bleiben gedenkt, – mein Manuskript unsichtbar geworden, – entweder mitgenommen, oder verliehen, oder verlegt, – weder ihr Mann, noch ihre Töchter, noch ihre Freunde meinten andres, als daß es seit wenigstens einem halben Jahre, wieder in meinen Händen sey...*

Im Gegensatz zu Adele Schopenhauer, die später auch als Schriftstellerin hervortreten soll, ist Sibylle nicht mehr als eine normale, *naive* Leserin, die die Besonderheit, das Originell-Innovative der Droste nicht erkennt. Im November 1836, beim Wiedersehen in Bonn, kommt es zum Streit, weil Sibylle wohl mit ihrer Kritik nicht hinterm Berg hält. Wie verärgert die Droste ist, lässt sich an dem harten Urteil über Sibylle ablesen, das die Droste im September 1837 in einem Brief an Sophie von Haxthausen fällt: *...die Mertens gebe ich Dir gänzlich preis, sie war zwar wirklich mahl angenehm, vor 12 Jahren, aber jetzt ist keine Spur mehr daran, und sie kann dir schwerlich mehr misfallen, als sie es jetzt mir thut, – wenn du sie kennen lernst, wird es dir unmöglich seyn, heraus zu finden, was so vielen (...) daran hat gefallen können...*

Sibylle Mertens-Schaaffhausen erinnert sich in ihrem Tagebuch am 13. Mai 1842: *Im Winter 1836/37 kam die Droste: sie hatte sich endlich von ihren westfälischen Bekannten bereden lassen, ihre Gedichte herauszugeben. – Die Droste besitzt wirklich poetisches*

Talent, Phantasie, Darstellung und große technische Fertigkeit. Mich hatte früher manches Erzeugnis ihres Geistes höchlich erfreut; es waren die Gaben einer Dilettantin, und so gewannen sie von dem Unbeabsichtigten schon einen lieblichen Reiz; nun wollte sie als Dichterin auftreten, drucken lassen, und in meinen Augen stellten sich also für Lob und Tadel ganz andere Bedingungen heraus. Ich dachte mich in die Stelle des Publikums hinein, fast gewaltsam, weil ich die Droste als Freundin liebte, und mußte nun hier und dort, wo ich sonst applaudiert hatte, verstummen. Sie aber begriff das nimmermehr: und so ging ein inniges Verhältnis fast auseinander, weil ich die allerliebsten Verse meiner Freundin weniger geeignet fand für den Druck und die Oeffentlichkeit, als für die Schreibtafel und das Ohr eines befreundeten Kreises. – Leider verlor ich nicht nur das Vertrauen der Freundin, sondern mein Urteil bewährte sich noch als richtiges. Annettens Buch ging ungeachtet vorüber, aber seit dem es erschienen, macht man an ihre poetischen Erzeugnisse weit höhere Ansprüche als früher, und somit ist sie nicht nur in den Augen des Publikums unbedeutend als Dichterin, sondern der engere Kreis ihrer Bekannten findet sie nicht mehr auf ihrer früheren Höhe.

Die Gedichtausgabe von 1838 erscheint bei Aschendorff in Münster, nachdem sich langwierige Verhandlungen mit dem Verlag DuMont Schauberg in Köln zerschlagen haben. Aschendorff ist sicherlich nicht die ideale Adresse für Annette von Droste-Hülshoffs Erstling, aber ganz so unbeachtet, wie Sibylle Mertens behauptet, bleibt das Buch ja dann doch nicht. Die Freundschaft der beiden Frauen hat Schaden erlitten, man verliert sich aus den Augen.

Erst am 2. August 1842, die Droste befindet sich auf der Rückreise von Meersburg, trifft man sich kurz in Bonn. Als die Droste sich neun Tage später auf den Heimweg macht, benutzt sie das Dampfboot bis Wesel. Dort erfährt sie vom Tod Louis Mertens' – eher als seine Ehefrau Sibylle. Ende September kondoliert die Droste und versucht zu trösten: *Du hast jetzt allerdings eine schwere Stellung, die alle deine Zeit und Kräfte in Anspruch nimmt, aber doch mindestens eine unbehinderte, was, weniger für dich als für Diejenigen denen jetzt alle deine Pflichten gehören, so viel werth ist, daß man kaum wagen darf über das Schicksal zu murren, auf welchem ergreifenden und traurigen Wege es dieses auch herbey geführt hat. – dennoch traust Du mir wohl zu, daß mein erstes Gefühl aufrichtiger Kummer um einen Mann war, den ich so voll Lebenshoffnung verlassen hatte, und der sich mir immer geneigt und nach seiner Weise freundlich gezeigt hat, mein zweytes aber war der erleichternde Gedanke, welche Leiden auf ihn gewartet hätten, wenn sein Uebel den gewöhnlichen langsamen Gang verfolgte, – für den Brustwassersüchtigen giebts nur noch eine Hoffnung, die welche an Mertens erfüllt worden ist. – Liebes Herz, du hältst mich wohl für gefühllos, aber ich habe am selben Uebel Leidende auf eine a n d r e Weise sterben gesehn, und kann mich seitdem nur erleichtert fühlen, wenn Jemand dem ich wohl will Diesem entgeht...*

Die nächsten Jahre Sibylles sind überschattet von Erbstreitigkeiten mit ihren Kindern und Schwiegerkindern, die auf Auszahlung ihres Erbes pochen. Barvermögen ist nicht in ausreichendem Maße vorhanden. Sibylle muss ihr Bonner Wohnhaus und den Auerhof verkaufen, besonders schmerzlich berührt sie, als sie sich – notgedrungen – von dem größten Teil ihrer Sammlungen trennt, die sie eigentlich einem Museum vermachen will. Sibylle mag unter diesen widrigen Umständen nicht länger in Bonn bleiben. Bevor sie 1843 wieder nach Italien, wo sie bis 1846 zusammen mit Adele Schopenhauer leben wird, aufbricht, besucht sie die Droste im Rüschhaus – unter recht dramatischen Umständen.

Annette von Droste-Hülshoff hat Schücking darüber berichtet: *Die M e r t e n s war allerdings vier Wochen lang in Münster, – hören Sie die Veranlassung, und Sie haben ihren Charackter von der besten und schlimmsten Seite: – ich hatte ihr in Bonn griechische Münzen versprochen, die ich nicht Alle für ächt halte, aber doch*

Einige darunter, hatte sie ihr auch geschickt, und den dankbarsten Brief erhalten, worin sie zugleich mein Urtheil über Aechtheit und Nichtächtheit bestätigte. – hierauf verhinderte mich meine Krankheit zu antworten, und nun erhielt ich den allerimpertinentesten Brief, sie schickte mir die Münzen zurück, ‚sie seyen Alle unächt und nichts werth, würden auch, wenn sie ächt wären, von so großer Seltenheit seyn, daß sie dann kein Sammler, selbst als DOUBLETTEN, verschenkt hätte' – in diesem Tone giengs fort, schließlich: – ‚da ich ihr, wie es scheine, sonst nicht mehr zu schreiben denke, bitte sie sich wenigstens, der Ordnung halber, einen Empfangsschein über die Münzen aus' – Ich ärgerte mich so schmählich, daß ich Fieber bekam wie ein Pferd, und antwortete ihr, so krank ich war, mit ein paar Zeilen, ‚wie elend ich sey, daß ich deshalb nicht geschrieben, ET CET' – am fünften Tage war sie in Rüschhaus, in Thränen zerfließend, – mit Geschenken bepackt, – hatte sich gleich nach Empfang meines Briefs aufs Dampfboot gesetzt – Tag und Nacht durchgefahren – noch keine Stunde geschlafen – bey Nölken hatte sie Quartier bestellt, und fuhr von dort jeden Tag zu mir heraus, mit dem besten Willen, wenn auch nicht sonderlichen Geschick, mich zu pflegen. – sie ist eine sonderbare Frau, es sind GRANDIOSE Elemente in ihr, aber wunderlich durcheinander gewürfelt, und mit Widersprechendem versetzt – sie erläutert mehr als sonst Jemand, wie sich die EXTREME berühren, sie hat mich dringend nach Bonn eingeladen, und erwartet mich jetzt wohl stündlich, es ist aber nicht daran zu denken, ich bin noch zu sehr an ein REGIME gebunden, und muß auch gleich nach Pfingsten nach Abbenburg.

In ihren Tagebüchern hat Sibylle Mertens über diesen Streit kein Wort verlauten lassen und ihre plötzliche Reise mit der schweren Erkrankung Annettes begründet. Sie sagt einen Ausflug nach Trier ab, fährt zwei Tage durch – auch nachts – und steigt mit Kammerzofe und Diener in einem Hotel in Münster ab, mit dem sie leidlich zufrieden ist. Als Sibylle ihr Kommen ankündigt, fürchtet die Droste die Reaktion ihrer Mutter auf die impulsive, stolze Freundin. Da müssen Vorkehrungen getroffen werden. In einer biographischen Skizze über die Droste berichtet Elise Rüdiger: *Die Kaufmannsfrau mit ihren Launen und Wunderlichkeiten auf dem adligen Hof ankommen zu sehen, Stolz gegen Stolz kämpfend, erfüllte die stets um ihre Mutter besorgte Dichterin mit Wahrhaftem Schrecken.* Also schickt Annette eine Freundin in den Gasthof, um Sibylle auf ein möglichst bescheidenes Auftreten festzulegen. Die junge Frau hält Frau Mertens beim ersten Anblick für einen *genial aussehenden Mann. Ein Profil, womöglich noch schärfer wie das von Franz Liszt, kurze wilde Locken dazu und ein Anzug so seltsam wie alles andere.*

Völlig überwältigt teilt die von der Droste geschickte Botin das Anliegen der Dichterin undiplomatisch, sehr direkt mit. Und die Mertens beweist ihre Souveränität. *Die geistreiche Sibylle lachte herzlich mit und schloß ein Compromiß ab, wonach sie die Dichterin nur auf die von ihr vorgeschriebene Weise besuchen wollte, gleichsam incognito.*

Sibylle Mertens kommt täglich ins Rüschhaus, Annettes Zustand hat sich etwas gebessert, und die Freundschaft scheint wieder aufzublühen. Man fährt gelegentlich nach Münster und dort, am 30. März – so notiert Sibylle begeistert in ihrem Tagebuch – gelingt es ihr bei einem Antiquitätenhändler einen *hübschen Dolch* zu erstehen.

Nach ihrer Rückkehr schreibt Sibylle über ihren Aufenthalt an Ottilie von Goethe (1. Mai 1843): *Ich fand sie* [Annette] *in höchst leidendem Zustand, der sich auch bis zu meiner Abreise von dort nur um weniges besserte. Eine gänzliche Lebensmutlosigkeit und Hypochondrie erschwert die Herstellung bis jetzt in so positiver Weise, daß ich allerdings, wenn Annette sich nicht entschließen wird, gegen Mitte Mai an den Rhein zu kommen, worauf ich, des mildern Klimas und der vielen intellektuellen Anregungen wegen, die wir ihr bieten können, eine große Hoffnung setze, fast fürchten muß, sie einer Krankheit, für die man kaum einen rechten Namen findet, erliegen zu sehen.* Aber es sollte das letzte Treffen der

Freundinnen sein. Sibylle scheint sogar ihre Abreise nach Italien bis zum Sommer aufgeschoben zu haben in Erwartung des Besuchs der Freundin. Doch die Droste bleibt bis zum Herbst im Rüschhaus. Bei der nächsten Fahrt nach Meersburg trifft sie Sibyllc auf ihrem Zwischenstopp in Bonn nicht mehr an.

Am 24. Mai 1843 dankt die Droste Sibylle Mertens-Schaaffhausen für ihren Besuch, den sie sehr genossen hat, sicher auch, weil die Freundin auf allgemeines Wohlwollen stieß: *Sey meinem Mütterchen nicht böse, liebe Billa, sie hat dich jetzt sehr lieb, hätte mich sehr gern zu dir gelassen, aber es gieng wirklich nicht* (...) *Ich kann nicht sagen, Billchen, wie es mich freut daß du so gern hier warst; die Leute verdienen es aber auch um dich – Alles denkt deiner mit Liebe und einer Art Sehnsucht, Alles lässt dich grüßen* (...) *Alle vereinigen sich in dem Wunsche dich auf längere Zeit in Münster zu haben* (...) *darum komm, mein Liebchen, sobald Italien dich los läßt* (...) *Alte Billa, wie froh bin ich, daß jetzt Alles zwischen uns wieder rein und fest ist, – ich habe deine Liebe so schwer und bitter verloren gegeben, soll ich mich denn jetzt nicht freuen? – indessen ist uns doch eine schöne unwiederbringliche Zeit darüber verloren gegangen, und dergleichen darf nicht wieder kommen, – es kömmt auch nicht, diese Ueberzeugung trage ich in mir, und du gewiß auch.*

Der letzte Brief, den Sibylle von der Droste im Juli 1843 erhalten wird, zeigt die Dichterin besorgt. Die Mertens hat ihr wohl von den Streitigkeiten mit ihren Kindern berichtet. Die Droste versucht zu trösten: *Was Du mir von Deinen Verhältnissen schreibst, alte Billa, hat mich betrübt und sehr gerührt, – Ach, das Mein und Dein! – es ist doch wirklich ein Scheidewasser, was Alles in der Welt zersetzt! – ich hoffe dieser Brief findet Alles besser wie der Deinige es verlassen hat, jedenfalls bist du rein aus dem Geschäftsschlamme hervor gegangen, denn deine Vorschläge waren doch gewiß großmüthig genug! und ich habe Dich dafür in Gedanken so fest an mich gedrückt, wie Du es in der Wirklichkeit schwerlich würdest gelitten haben. – Du NOLI ME TANGERE!*

Und scherzend zeigt die Droste ihre wiedererwachten Gefühle für die Freundin: *Alte Billa, weißt Du wie lange wir uns schon lieb haben? – im Herbste werden es achtzehn Jahre; und ich darf schon eine ehrwürdige ANÇIENNITAET in Anspruch nehmen. – Vergiß das nicht zwischen deinen Schwarzaugen, deren Freundschaft kaum trocken hinter den Ohren ist. – in sieben Jahren können wir unsre silberne Hochzeit feyern. – mit silbernen Haaren?* (...) *Ach! ich schreibe dummes Zeug, und wozu bist du anders da als um es zu lesen? wozu hat man Freunde, als um ihnen aufzutischen womit man andern Leuten nicht kommen darf? – also, mein kleiner schwarzer Araber, wir wollen die sieben Jahre richtig ableben, und – wenn's gelingt – noch fünf und zwanzig dazu, bis zur goldnen Hochzeit, um Alles nachzuholen was wir uns in den achtzehn Jahren mitunter haben ab Handen kommen lassen, allen Mitschmerz, alle Mitfreude, – nicht wahr, mein gut Herz? – ich wollte wir hätten jetzt wieder ein paar von den Bonner Wochen, die wir so schändlich verschleudert haben* (...) *ADIEU, schone Dich nur ja, daß Du mir nicht auch ordentlich krank wirst, ich glaube ich hielt es nicht aus, dich in Gefahr, und dann weit weg zu wissen...* Unterzeichnet ist der Brief mit *deine treue Nette.*

Nach all den Missverständnissen, Zerwürfnissen – am Ende zärtliche Versöhnung! Annette ist keine leichte Freundin, Sibylle ist zuweilen egozentrisch, hat viele *Ecken und Kanten.* Bei allen Berührungspunkten ist der Unterschied zwischen Sibylle, als Mittelpunkt eines illustren Kreises, als Herrscherin eines Salons, und der zurückgezogen, nach innen lebenden Droste enorm. Manche negativen Bemerkungen über *die Mertens* mögen auch Ausdruck sein der Missgunst, des unbewussten Neides, denn die Unabhängigkeit dieser verheirateten Frau mit sechs Kindern kann sie nie erreichen.

Drei Monate nach Annettes Tod schenkt Adele Schopenhauer ihrer Lebensgefährtin Sibylle Mertens-Schaaffhausen die Droste-Gedichtausgabe von 1844 zum Namenstag und schreibt folgende Verse hinein:

Sie war die reichste von uns dreien,
Drum mußte heute sie mir leihen
Was meine Armut überdeckt,
Die Morgengabe, die Dich weckt.

Nach dem Tod Adeles 1849 vereinsamt Sibylle Mertens-Schaaffhausen immer mehr. Die Prozesse, die ihre Kinder mittlerweile gegen sie führen, machen sie krank. Nachdem es ihr endlich gelungen ist, einen Vergleich zu schließen, reist sie 1856 wieder nach Rom, in die geliebte Stadt. Aber bereits Anfang Juli 1857 erkrankt sie an der Malaria, am 22. Oktober 1857 stirbt sie. Nur wenige Freunde sind bei ihr. Ihr Grab befindet sich auf dem Campo Santo Teutonico an der Peterskirche.

Adele Schopenhauer

Sie hat keinen gemeinen Funken

Im Juni 1840 berichtet Sophie von Haxthausen, sie und Therese von Droste-Hülshoff hätten mit Bangen eine Besucherin im Rüschhaus erwartet, ja sie spricht sogar *von heiliger Scheu* vor dieser *gelehrten Dame*. Aber die Befürchtungen stellen sich als unbegründet heraus:

...wir haben uns aber sehr mit ihr befreundet; dieses tägliche Zusammenleben hat sie uns in einem ganz anderen Lichte gezeigt, und sie gefällt uns recht gut, ist sehr gescheut, sehr gebildet, spricht Englisch, Französisch und Italienisch, malt und zeichnet sehr hübsch, auch etwas eine Dichterin und Schriftstellerin, worauf sie aber gar keinen Werth legt, ist bescheiden bei allen diesen gelehrten Sachen noch praktisch für's Leben, hat bei ihrer Mutter, die die Bücher schrieb, viel zu ertragen gehabt und ist bei alle diesem eine sehr edle Natur, sehr brav und ein guter Umgang für Netten, den ich länger wünschte.

Das bescheidene, gelehrte Wesen ist Adele Schopenhauer, Tochter der Schriftstellerin Johanna Schopenhauer und Schwester des Philosophen Arthur Schopenhauer. Die Droste hat sie im Winter 1830/31 im Kreis Sibylle Mertens-Schaaffhausens in Bonn getroffen. Adele ist eng befreundet mit der Bankiersgattin und Gutsherrin. Seit 1829 leben die Damen Schopenhauer am Rhein, nachdem sie Weimar, das Adeles Kindheit und Jugend nachhaltig geprägt hat, verlassen haben.

Adele Schopenhauer ist 1797 – im selben Jahr wie die Droste – in Hamburg geboren. Ihre Mutter zieht nach dem Tod ihres Ehemanns mit ihrer Tochter nach Weimar, um den Geistesgrößen ihrer Zeit, besonders Goethe, nahe zu sein. Kurz nach ihrer Ankunft, im September 1806, wird die Stadt – nach der Schlacht von Jena und Auerstädt am 14. Oktober – von fliehenden und plündernden Soldaten heimgesucht. Johanna, deren Wohnung unbeschädigt ge-

Johanna Schopenhauer (1766 – 1838) mit Tochter Adele
Ölgemälde von Karoline Barbua

blieben ist, bewährt sich als tatkräftige und selbstlose Helferin und erwirbt sich viele Sympathien – auch bei Goethe.

Als dieser am 19. Oktober seine Geliebte, Christiane Vulpius, heiratet, stellt er sie der Gesellschaft bei einem Abend im Haus

Johanna Schopenhauers vor. Johanna meistert die prekäre Situation souverän und mit viel Taktgefühl; Goethe wird ihr diese Hilfe nie vergessen. Als Johanna ihren *literarischen Salon* eröffnet, ist der Dichter, wann immer er Zeit findet, ihr Gast – Anziehungspunkt für die anderen Besucher. In dieser kulturell anregenden, literarisch geprägten Atmosphäre wächst Adele auf. Die Jahre in Weimar von 1806 bis 1829 haben einen entscheidenden Einfluss auf ihre Entwicklung; sie ist reich begabt und wird gefördert. Sie gilt als Goethes Liebling, darf ihn *Vater* nennen. Der Dichter lobt Adeles großartige Fähigkeit zur Deklamation, bei so manchen Aufführungen darf sie dieses Talent beweisen. Außerdem zeigt sich Goethe entzückt von ihren kunstvollen Scherenschnitten, die auch andere Zeitgenossen sehr loben und die Adele großzügig verschenkt.

Scherenschnitt von Adele Schopenhauer

Adele gehört bei Goethe fast zur Familie, kann jederzeit unangemeldet kommen. Seit ihrer Kindheit ist sie auch eng befreundet mit Ottilie von Pogwisch, Goethes späterer Schwiegertochter, was die Bindung an das Haus am Frauenplan noch erhöht. 1829 verlässt Johanna Weimar, das ihr angeblich zu teuer geworden ist. Ihre Neider mutmaßen aber, sie habe sich von Goethe, der nicht mehr regelmäßig ihren Salon besucht, vernachlässigt gefühlt. Durch frühere Reisen kennt die Schriftstellerin die Gegend um Bonn, die ihr sehr zusagt, und sie hat die Bekanntschaft der wohlhabenden Sibylle Mertens-Schaaffhausen gemacht. Diese stellt den Damen Schopenhauer 1829 zunächst ihr Haus in Unkel, den „Zehnthof", zur Verfügung, ab 1832 leben sie in Bonn. Adele, die nach dem Verlust des größten Teils ihres Vermögens durch den Bankrott ihres Bankiers keine Chancen mehr auf eine Heirat hat und die unter ihrer dominanten Mutter leidet, schließt sich eng an Sibylle an, die ihrerseits unglücklich verheiratet ist.

Als die Droste, eingeführt von einem Verwandten, im Kreis um Sibylle auftaucht, berichtet Adele ihrer Freundin Ottilie von Goethe nach Weimar (am 23. November 1830): *Die Droste ist jetzt hier, das geistreiche Geschöpf von welcher ich dir oft erzählte, ihre Gegenwart wirkt belebend oft auch sehr betrübend auf mich, ein wunderschönes Leben und Wesen in sich zerstört, doch lebt mein Geist am ihren auf.* Ein wenig arg dramatisch formuliert, aber doch erstaunlich, wie hellsichtig Adele Schopenhauer auch die *dunkle* Seite der Droste erfasst und gleichzeitig ihren Intellekt bewundert.

Doch Adele ist emotional auf Sibylle Mertens-Schaaffhausen fixiert. Bald beginnt sie die Anwesenheit der Dichterin als störend zu empfinden. Zur ersten großen Krise kommt es anlässlich Sibylles schwerer Erkrankung im Frühjahr 1831. Am 2. März teilt Adele Ottilie von Goethe mit: *Sibille* (...) *ist sehr krank. Die Droste ist bei ihr und nimmt sich gut. Ich komme zu krank aus Cöln und darf noch nicht heraus.*

Erst nach drei Wochen kann Adele die Droste bei der Krankenpflege ablösen. Überempfindlich, misstrauisch registriert Adele einen scheinbar negativen Einfluss Annettes auf die kranke Sibylle. Besonders die von Sibylles Ehemann, Louis Mertens, geplante Genesungsreise seiner Frau nach Vevey in Begleitung der Droste lässt sie verzweifeln. Sie klagt Ottilie von Goethe ihr Leid im Mai 1831: *Sibylle war ein anderes Wesen geworden, jede Kraft zerbrochen, Krämpfe, die sie nicht bekämpfte, sondern durch Aufregung herbeiführte, Inconsequenz, Launen, Muthlosigkeit, grenzenlose Härte gegen mich, abwechselnd mit Vertrauen u Hingebung, das waren die Früchte des Umgangs mit Annetten. Sybille zeigte sich Charakterlos – (...) es blieb beschlossen daß sie nach Vevay sollte theils ihrer Gesundheit wegen, theils um von ihrem Mann sich zu entfernen. (...) Die Annette sollte mit (...) Ich litt unsäglich. (...) Daß ich aber s o mit Annette ihre Neigung nicht theilen mochte war mir gewaltig klar. (...) Beim Abschied war Billa einen Tag bei mir u die alte Liebe siegte. Sie schrieb bald darauf sehr trübe über sich selbst, ich tröstete u rieth; aber mein Entschluß blieb fest, reiste sie mit Annetten war sie verloren.*

Und dann der Triumph! – Therese von Droste-Hülshoff sei Dank!

Vor vier Tagen kam sie [Sibylle] *zu mir, sagte eigentlich nichts war erstaunlich innig, weich wie ein Kind, u ganz nebenbei erfuhr ich: Annette habe von ihrer Mutter Briefe, d i e s e w ü n s c h e N e t t e n s R ü c k k e h r. Hat das inconsequente Geschöpf Sybillen wehgetan, ich weiß nicht – kurz ich danke Gott! Denn Annette reist nicht mit nach Vevay.*

Die Verstimmung hält nicht allzu lange an; Annettes Bindung an Sibylle ist nicht so eng, dass sie zu Eifersucht Anlass gibt, Adele liebt ihre Freundin Sibylle zu sehr, um ihr lange zu grollen. Es ändert sich der Ton Adeles der Droste gegenüber. Als es ihr Ende 1830 gesundheitlich schlecht geht, wartet sie vergebens auf Annette, die einen Besuch angekündigt hat, besorgt schreibt Adele: *...liebe Nette, ist Ihnen etwas geschehen? kann ich irgend etwas* *thun? rechnen Sie ganz fest auf mich, daß ich ganz in Ihrer Disposition stehe – ich bilde mir ein, es hat Sie etwas Unangenehmes betroffen.* In einem Brief nennt sie Annette liebevoll *mein Thierchen.* Mehrfach bittet sie Annette, doch mal wieder ihre sich langweilende Mutter Johanna aufzusuchen, so dass sich die Droste bei ihrer Mutter einmal über die allzu vielen Besuchspflichten in Bonn beschwert.

Zur Korrespondenz muss angemerkt werden, dass kein einziger Brief Annette von Droste-Hülshoffs an Adele Schopenhauer vollständig ist. Bis auf wenige Ausnahmen sind Adeles Briefe an die Droste bruchstückhaft oder nur in Abschrift oder Druck erhalten. Der Inhalt etlicher Briefzeugnisse lässt sich lediglich aus Äußerungen der Droste anderen Korrespondenzpartnern gegenüber erschließen.

Aus den überlieferten und erschlossenen Dokumenten wird deutlich, dass Adele besonders an der *Dichterin* Annette von Droste-Hülshoff, die sie bewundert, interessiert ist. In einem *Gute-Morgen-Brief* nennt sie die Droste *Schwester Scheherezade* und bittet *wenn Ihr nicht mehr schlaft, so erzählt mir bitte, bitte eines jener hübschen Märchen, die Ihr wißt. Das heißt ich hatte Kopfweh und habe sie noch und wenn Sie sehr gütig, sehr freundlich sein wollten, so kämen Sie* [Auslassung] *diesen Abend einige Stunden und vertrieben mir die böse krankschwere Zeit.*

Doch beide Frauen sind schwierig, haben *Ecken und Kanten,* Adele – überempfindlich – neigt dazu, leicht verstimmt zu sein, sich dann zu verschließen. Sie leidet unter ihrer Lage: unverheiratet, verarmt, ohne rechte Aufgabe. Annette von Droste-Hülshoff wirkt zuweilen – glaubt man den Zeugnissen einiger Familienangehöriger – arrogant, schroff, abweisend. Es liegt deshalb auf der Hand, dass es zwischen den beiden Frauen gelegentlich zu Verstimmungen kommt. Adele bittet die Droste im Frühjahr 1831 um Verzeihung und Verständnis: *Liebe Nette! ich habe Sorge, daß Sie durch meine Art und Weise* [Auslassung] *verletzt sind. Nehmen Sie meiner Lage und meiner ganzen Stellung nicht zu viel übel; ich glaube jetzt etwas z u v i e l Entschuldigungen zu haben; jetzt eben, heißt das; damals eigentlich nicht. Doch höre ich zuletzt, wenn man lange mit mir spricht, nicht was man sagt; ich fasse nur im Allgemeinen auf, was man meint, und schweige oft aus peinlicher Zerstreuung. Glauben Sie mir, liebe Nette, ich will wo möglich Niemanden etwas Unangenehmes oder gar Schmerzliches empfinden machen, ich bin nur ganz ungeschickt und im Ganzen äußerst schwer (bei so vielen Eigenheiten) richtig zu behandeln. Das hat mich verleitet, und ich fürchte, ich habe allerlei ganz Dummes gemacht und gesagt. Vergeben Sie das, wenn Sie irgend können.* Es finden sich keine weiteren Zeugnisse über größere Zwistigkeiten oder Streit zwischen Adele Schopenhauer und Annette von Droste-Hülshoff.

Die Droste, die gewiss in Bonn durch Adele vom Leben in Weimar gehört hat, von der Korrespondenz mit Goethe, schätzt Adele als literarisch gebildete, kompetente Kritikerin, der sie ein fundiertes Urteil über ihre Werke zutraut. So schickt sie ihr das Epos „Des Arztes Vermächtniß“ – sie hat nach Adeles Beurteilung einige Umänderungen vorgenommen.

In einem Brief, der im Zeitraum von Oktober bis Dezember 1834 geschrieben worden ist, nimmt Adele ausführlich Stellung zu dem Werk; sie lobt einzelne Passagen: *W u n d e r s c h ö n sind Ihre Sonnenbilder – ich würde nie errathen, daß sie einer weiblichen Feder ihre Entstehung danken.* Nur erscheint ihr manches zu realistisch, nicht poetisch genug: *Dagegen tadle ich Einiges an der Haushaltung des Gedichtes, an der Vertheilung von Licht und Schatten – von Ruhepunkten und bewegteren Momenten. Sie haben Naturschilderungen, die so zart und wahr, so neu sind, daß sie entzücken. Dagegen haben Sie mitunter niederländisch treu wiedergegeben, was Sie sahen.* Adele hat Einwände gegen bestimmte Formulierungen: *Sie lassen den Adler mit den Flügeln ‚klatschen‘. Vergebung! Das ist unedel – und war zu meiden.* (...) *einandermal trifft das ‚Dunkel wie ein Blitz‘. Ein Blitz blendet schmerzlich,*

Dunkel kann schrecken, nicht blenden; ich halte das für zu gewagt. Dem leichten Tadel folgt dann wieder Lob: *Wunderschön motiviren Sie das Errathen des ‚pfadlosen Weges' den der Geblendete nicht sieht, da ist eine so freie sichere Behandlung ein solches Bewußtsein der Kraft Ihres Geistes!*

Adele Schopenhauer gibt auch zu, dass sie sich nicht immer sicher genug fühlt, um urteilen zu können: *Sie erwähnen selbst, daß Sie kleine Versfehler erkannten und stehen ließen – ach Gott liebe Nette, ich bin viel zu unkundig, um da einen Tadel zu wagen, einmal folgen sich ‚nun und nur' – das lautet fatal, einmal verwirren Sie die Anrede Sie und Euer, das Alles sind unbedeutende Dinge.*

Wie geschickt Adele ihre Einwände mit unverhohlener Zustimmung koppelt! Sie konstatiert den segensreichen Einfluss Byrons auf die Droste und fährt dann fort: *Denn gern gestehe ich Ihnen reine Bewunderung Ihres Talentes zu. Nehmen Sie jeden Tadel wie einen Wunsch etwas Schönes schön geschmückt zu sehen. Der Traum im Walde scheint mir durch Länge die Kraft des Eindrucks zu schwächen, auch kann der Kranke so lange nicht erzählen, so wünschte ich da flüchtigere Andeutungen, daß der Phantasie zu arbeiten bliebe.*

Erscheint Adele die lange Erzählung des Sterbenden als unrealistisch, bemängelt sie an anderer Stelle zu viel Realismus, mangelnde Poesie: *Tief ergreifend ist die Todesscene. – Ich möchte sie nicht geschrieben haben – um all der Gedanken und Gefühle, aller der Geistesfoltern wegen, die sie voraussetzt –* (...) *aber ich stehe dennoch tief ergriffen und bewundernd vor Ihnen. Ob nun solch ein Eindruck, wie dies hinterläßt, obschon der strengen Realität entnommen, das ist, was ein Dichter in seinem Leser zurückzulassen w ü n s c h t , ja meine theure Nette, das weiß ich nicht. Ein beklemmend Gefühl der harten Lebensbedingungen und Räthsel entzieht die Seele der Wirkung der Poesie; man denkt das L e b e n , und vergißt das Gedicht.* Bei aller Einfühlung, aller kritischen Bewunderung scheint auch Adele Schopenhauer wie später – bei der

Gedichtausgabe von 1844 – Schücking und Cotta etwas mehr Glätte und Romantik zu erwarten – eine Forderung, die Annette stets vehement abgelehnt hat: *Es mag mir mitunter schaden, daß ich so starr meinen Weg gehe und nicht die kleinste Pfauenfeder in meinem Krähenpelz leide; aber dennoch wünsche ich, dies würde anerkannt.*

Am Ende der ausführlichen Stellungnahme Adeles stehen dann Ansporn und Lob: *Glück auf, liebe Nette! Ihr Genius entfaltet seinen Flug in einem Augen – blicke, wo sonst jedes Weib eine schmerzliche Leere empfindet. auf! Sie haben in sich ein beneidenswerthes Glück, das eines in sich schaffenden strebenden Talentes, und es wird Sie über manche Qual hinwegtragen, denn es hebt Sie aus sich selbst heraus.*

Als Annette von Droste-Hülshoff im Juli 1835 auf der Fahrt nach Eppishausen zu ihrer Schwester Jenny kurz in Bonn Station macht, muss sie feststellen, dass ihr Manuskript mit den Epen „Des Arztes Vermächtniß" und „Das Hospitz auf dem Großen St. Bernhard", die sie Sibylle Mertens-Schaaffhausen geschickt hat, unauffindbar ist – Anlass für das spätere Zerwürfnis mit Sibylle. Es kommt zu einer kurzen Begegnung mit Adele Schopenhauer, die wohl nicht ganz so erfreulich verlaufen ist. Denn Mitte Januar 1836 vermeldet diese ihrer Freundin Ottilie von Goethe: *Die Droste war hier, im Sommer, ich habe mich überwunden sie zu sehen, und nun liegt auch das hinter mir, und das Leben hat einen Popanz weniger.*

Anfang November 1836 befindet sich die Droste wieder in Bonn bei ihrer Tante Pauline von Droste-Hülshoff. Während das Verhältnis zu Sibylle, die von einem längeren Italienaufenthalt zurück ist, gespannt bleibt, wird die Beziehung zu Adele immer enger. Johanna Schopenhauer hat einen Schlaganfall erlitten und ist pflegebedürftig; sie ist keine leichte Kranke, eine schwierige Mutter, und Adele als unverheiratete Tochter steht in der Pflicht. Da auch die Droste es mit ihrer Mutter nicht immer leicht hat, beständig

Rücksicht nehmen und Vorsicht walten lassen muss, versteht sie Adeles Lage sehr gut. Am 24. Januar 1837 schreibt Annette an ihre Schwester Jenny. Zunächst beschwert sie sich über Sibylle: *...die Mertens ist als eine vollkommene Italienerin zurück gekehrt, man mag sich drehn und wenden wie ein Aal, dem G e n u a entläuft man nicht, und wenn ich sage – ‚gieb mir ein Butterbrod, ich habe Hunger' so ist die Antwort: ‚Ach! in Genua hatte ich immer weit weniger Appetit als hier' – ich gehe deshalb wenig hin...* Adele Schopenhauer dagegen hat in den Augen der Droste sehr gewonnen: *Adele dagegen ist um vieles liebenswürdiger und bescheidener geworden, sie hat allen eiteln Gedanken den Abschied gegeben, um sich ganz mit ihrer kranken Mutter zu beschäftigen, die am Brustwasser leidet, und gar nicht mehr ausgehn kann, – Adele beträgt sich musterhaft hierbey, weicht nicht von ihr, schläft fast keine Nacht, und giebt ohne Klage nach und nach ihr ganzes Vermögen her, um der Alten Alles zu gewähren, was ihr Erleichterung oder Freude geben könnte, – und das so ganz ohne Prahlerey!* (...) *sie genießt deshalb jetzt einer allgemeinen großen Achtung in Bonn, und selbst ihre früheren Gegner können es nicht mehr leiden, wenn jemand was über ihre kleinen Thorheiten sagt.*

Noch deutlicher wird die Droste in einem Brief an Sophie von Haxthausen von Anfang September 1837 – da ist sie bereits seit sieben Monaten wieder zu Hause: *Hör, Sophie, Du hast ein Gedächtniß wie ein Sieb, sonst hättest du dich erinnert, was ich Dir über Adele gesagt: daß J e d e r m a n n die Mutter lieber hat, Adele vielmehr ganz widerlich gefunden wird, auch widerlich ist, und ich sie sehr lange nicht habe ausstehn können, daß aber, wenn man sie l a n g e u n d g e n a u beyde kennt, der Charackter der Mutter eben so der Achtung unwerth ist, als jener der Tochter wirklich ehrwürdig erscheint, Adele ist allerdings eitel und mitunter wirklich lächerlich, aber sie ist nicht im Stande einem Kinde weh zu thun, hat keinen gemeinen Funken...* Die Droste berichtet anerkennend über die – auch finanziellen – Opfer, die Adele täglich ihrer anspruchsvollen, launischen Mutter bringt, über ihr klagloses

Akzeptieren, über die Gleichgültigkeit Johannas, was die Zukunft ihrer Tochter angeht. *...Adele muckt auch nicht, sucht dies häusliche Elend auf alle Weise zu verbergen, und benimmt sich überhaupt dabey wie unter 1000 Keiner, – das sind doch Eigenschaften um die man wohl ein Bischen armselige Empfindsamkeit und Eitelkeit übersehn kann...*

Auch Adeles Mitteilung an Ottilie von Goethe, die Droste, die ehedem ihr *böser Genius* gewesen sei, betrachte sie nun als *Trost* und *Stütze*, zeigt, wie nah sich die beiden Frauen bei diesem Bonn-Aufenthalt der Dichterin sind. In einem Brief an ihren Bruder Arthur bezeichnet Adele die Droste als eine ihrer *intimsten Freundinnen.*

Schon am Rhein hat Annette von Droste-Hülshoff sich bemüht, einen Verleger für die geplante Herausgabe ihrer Gedichte zu finden; etliche Verhandlungen scheitern. Ende Dezember 1837 hält sich Adele Schopenhauer in Jena auf und will sich von dort aus – mit Hilfe des Literaturprofessors Wolff – um einen *ordentlichen, bedeutenden* Verlag kümmern; ebenso wie Sibylle rät sie dringend von einem kleinen Verleger in Münster ab. Die Droste schickt Adele eine Abschrift ihrer Werke; über die „Schlacht am Loener Bruch“ ist diese mehr als erstaunt: *Wie Sie Schlachten beschreiben ist mir freilich ein Räthsel* (...) *mit so eigenthümlicher Kraft und Gewalt, daß wenn ich's irgend einer deutschen Dame zutrau, so sind Sie es die es leisten können...*

Im April 1838 stirbt Johanna Schopenhauer, am 5. August teilt Annette ihrer Mutter dies mit: *...es hat mich doch sehr erschreckt...* Am 6. August bittet Adele die Droste um die Zusendung ihrer Gedichte, die nun doch in Münster bei Aschendorff erschienen sind und sie hofft auf einen Brief, ihre Zeilen sind ein Hilfeschrei: *Nachrichten aus Bonn zufolge sind Sie bei einem Onkel, ich sende diese Zeilen daher an Haxthausens in der Hoffnung, Sie dadurch aufzurütteln zu dem Gefühl, daß sie jetzt schreiben müssen, auch wenn's unangenehm ist, auch wenn Sie krank sind: ich will Ihre*

Hand einmal wiedersehen und b r a u c h e *Ihre Liebe. Warum, Annette, habe ich Ihre Gedichte nicht? meinen Sie der Schmerz mache mich stumpf?* (...) *Ich habe Ihnen viel zu sagen, über meinen Verlust wenig, denn er sinkt immer tiefer in meine Seele. Annette, gute, weiche Nette! was soll das Schweigen, wenn einem Menschen so weh ist, wie mir?*

Adele Schopenhauer hat sich dann in Jena und Weimar darum bemüht, die Gedichte vielen Leuten bekannt zu machen; sie schreibt am 16. Dezember 1838 an die Droste: *...aber wir Alle haben nur das eine Exemplar, sie sind noch gar nicht zu haben, und Sie müßten Ihren Buchhändler zwingen, sie an die Hauptbuchhandlungen zu senden. Sie werden allmählich überall durchbrechen und erlangen was Sie wünschen: ein parteiloses, ernstes Urtheil, Lob und Tadel, Anerkennung.*

Annette von Droste-Hülshoff scheint Adele auch von der verständnislosen, zumeist empörten Reaktion des größten Teils ihrer Verwandten erzählt zu haben, denn Adele macht der Dichterin Mut: *Lassen Sie die gute Tante Sophie und die Vettern reden, lachen Sie herzhaft, beschwichtigen Sie die Tante mit den allmählich ruhig urtheilenden Männern von Fach und vor Allem lassen Sie sich nicht irre und nicht ernst machen.* (...) *Bald ist dies Geplänkel beschlossen, den Leuten fällt etwas anderes ein, derweilen haben hier im Norden Andere ihr Buch gelesen und nun kommt erst die eigentliche Kritik.*

Für Rezensionen, für positive Besprechungen, sorgt Adele. Dank ihrer vielfachen Beziehungen gelingt es ihr auch, einzelne Gedichte in Zeitschriften und in einer Anthologie unterzubringen. Adele Schopenhauer ist diejenige unter den Freundinnen der Droste, die am meisten für die Dichterin tut, weil sie von deren Talent überzeugt ist. Weitere literarische Pläne – nach Erscheinen des Werkes – werden diskutiert. So rät Adele dringend von einem Prosatext über Westfalen, auf dem Amalie Hassenpflug besteht, ab. Sie fürchtet die große Konkurrenz durch Karl Immermanns

„Münchhausen“; außerdem möchte sie lieber, dass Annette weiterhin Verse schreibt.

Der lang geplante und ersehnte Besuch Adeles im Rüschhaus kommt dann endlich 1840 zustande. Noch am 22. Mai hat die Droste an Professor Schlüter geschrieben: *Ich habe die letzten acht Tage in stündlichem Warten auf Adele, und deshalb sehr träge und unbequem, verbracht, da ich die üble Eigenschaft habe Nichts unternehmen zu können, wenn ich Jemanden erwarte, d.h. so stündlich erwarte* (...) *ihr Ausbleiben beunruhigt mich, da ich sie wirklich lieb, und außerdem viel mit ihr durchlebt habe* (...) *so weit war ich gestern, als ein Bote mit der Nachricht von Adelens Ankunft in Münster mich höchlichst erfreute und überraschte.*

Vom 19. Mai bis zum 6. Juni ist Adele zu Gast bei Annette und zerstreut durch ihre liebenswürdige Art auch die Bedenken der Mutter, Therese von Droste-Hülshoff. Die Wochen im Münsterland verlaufen in Harmonie, in den Erinnerungen Adeles wirkt die mit Annette verbrachte Zeit wie eine Idylle. Während des Aufenthalts schreibt sie am 23. Mai an den Verleger Friedrich Johannes Fromman nach Jena: *Zwar regnet es und ist kalt, aber wie durch einen Zauberschlag* [von] *der Rheinländischen Südlichkeit in den frommen ernsten Norden Münsters versetzt, in dem plötzlichsten Wandel aller inneren und äußern Formen! Münster mit seinen Giebelfaçaden, seinen herrlichen Gothischen Gebäuden, den Gothischen Kirchen – dem Rathaus, unten die nordischen Vorhaushallen* (...) *– dann das kleine fabel oder märchenhafte stille Rüschhaus!*

In diesen Wochen entsteht Adeles Zeichnung, die Annette von Droste-Hülshoff, auf dem Sofa sitzend, zeigt; außerdem, wie Schücking sich erinnert, die kleine Szene, wie Annette und Levin *einen geflügelten, ihnen entschwebenden Stern haschen wollen.*

Im Brief an Ottilie von Goethe vom 3. Juni mischt sich die Liebe zu Annette mit der Begeisterung über das Rüschhaus und Münster: *Du u Annette habt als Gott die Welt vertheilte die Liebenswürdigkeit beide gefaßt und getheilt unter Euch, Ihr seid die liebenswürdigsten*

„Annette und Levin versuchen,
einen entschwebenden Stern zu erhaschen“
Zeichnung von Adele Schopenhauer, 1840

Frauen die ich auf Erden kenne. Nettens Herz ist himmlisch. Es ist hier so still so grün und friedlich wie im Traum eines Kindes, ich war sehr gern hier, bliebe noch gern – aber ich muß fort. Münster ist wundervoll. Ich war zwei Tage dort um möglichst viel zu sehen von seinen Kirchen, Bildern, u Gebäuden. Es ist wie etwa Nürnberg schön. Ich war entzückt. Nun muß ich fort. Lewin Schücking Schlüter u ein Frl. v. Bornstädt habe ich von Schriftstellern kennen gelernt. Adele mag Schücking, von dem sie aber meint, ihm hafteten noch einige *Eierschalen* an, die Bornstedt ist ihr unsympathisch, sie erscheint ihr – hellsichtig – als falsch. Von Schücking stammt eine nicht sehr schmeichelhafte Beschreibung des Äußeren Adeles, aber er steht nicht allein, den meisten Zeitgenossen springt Adele Schopenhauers Hässlichkeit in die Augen. Hässlich, aber gescheit – dieses Etikett klebt an Adele und wird noch von Thomas Mann in seinem Roman „Lotte in Weimar“ weidlich ausgenutzt. Levin Schücking schreibt in seinen „Lebenserinnerungen“: *Von der Wiege Adelens waren die Grazien in einer wahrhaft empörenden Entfernung geblieben; die große knochige Gestalt trug einen Kopf von ungewöhnlicher Häßlichkeit* (...) *er war rund wie ein Apfel, er wäre vom Typus der Tartaren gewesen, wenn er in seiner eigensinnigen Originalität nicht jedes Typus gespottet hätte. Aber ein Paar ernste treue Frauenaugen leuchteten aus diesem Kopf; und niemand konnte sie kennenlernen, ohne sich bald von ihr angezogen zu fühlen, von einem Charakter von seltener anspruchsloser Tüchtigkeit und einer Bildung von ganz ungewöhnlicher Gründlichkeit und überraschendem Umfang.*

Für Adele Schopenhauer sind die Wochen bei Annette eine überaus glückliche Zeit. Noch drei Jahre später, am 4. Mai 1843, schreibt sie an Sibylle Mertens-Schaaffhausen: *...ich liebte Rüschhaus! Mir war in dem Altarzimmer, in Annettens Stube, wo ich hinunter in die wunderliche Küche sah, wohl und sehr gemütlich!* (...) *Und mir war so poetisch und ich war so zum Sterben krank und doch heiter! Ich denke mit großer Liebe an Rüschhaus, an seine Räume, und wie sehr an seine Waldgegend und Haide und Wasserblumen und seine tausend Insekten, Vögel, Katzen und Hunde und Hühner!*

Im täglichen Zusammensein mit der Droste bemerkt Adele wiederum – wie schon 1830 in Bonn nach kurzer Bekanntschaft – Annettes Zerrissenheit, ihre Glaubenszweifel. In Adeles Tagebuch lesen wir: *In Rüschhaus wohin ich den 18ten von Düsseldorf aus reiste, habe ich schöne stille Tage verlebt. Indessen habe ich doch dort eine Erfahrung gemacht, die ich nie zu machen für möglich gehalten! Annette leidet an Gewissenscrupeln und gänzlichem Schwanken des Glaubens u Meinens. Ob ich dahin noch gelange?*

Annette von Droste-Hülshoff

Zeichnung von Adele Schopenhauer, 1840

Vielleicht hat das Zusammensein mit der Droste dazu beigetragen, dass sich Adele Schopenhauer – auch gedrängt von Sibylle Mertens-Schaaffhausen – nun entschließt, mit dem Schreiben zu beginnen, es scheint für sie Therapie zu sein. Vor ihrem Aufenthalt lehnt sie diese Tätigkeit noch ab. Sie hat noch am 1. Februar 1840 an die Droste geschrieben: *Nie, liebe Nette, mag ich schriftstellern, mehr als je widert es mich an* (...) *ich sollte schriftstellern? Nun bei Gott, Nette, ich wüßte nicht für w a s , für wen?* Sie verbindet den Begriff doch zunächst und zu sehr mit ihrer Mutter Johanna, zweifelt auch an ihrem Können, an der Befähigung der Frauen zu geistiger Arbeit einerseits, andererseits hat sie eine Dichterin erlebt und glaubt nicht mehr an das traditionelle Frauenbild.

Noch 1841 lässt sie *Theolinde,* wie auch der Titel der Erzählungen lautet, überlegen: *Uns Frauen ist die eigentliche Gelehrsamkeit nur in höchst seltenen Fällen erreichbar, und zu diesen Ausnahmen gehöre ich nicht. Aber daß wir in dieser wunderlichen, an materiellen Interessen sich zersplitternden Zeit, voller Anfänge, deren Ende wir nicht erleben werden, aus unserer Gefühlswelt gewaltsam vertrieben, in eine uns ehemals verschlossene andere des Wissens und Strebens hineinblicken, um unser kleines Ich zu vergessen, scheint mir natürlich* (...) *das Leben macht an alles Leben die Forderung, daß es nütze. Mit dem Nutzen aber, daß wir Weiber und Mütter werden, ists in unsrer Zeit nicht getan! Es werden schon im täglichen Treiben noch eine Menge anderer Kräfte in uns geweckt, die nicht zur Ausübung gelangen...*

Adele Schopenhauer schreibt ihre „Waldmärchen", einige Gedichte, die sie gelegentlich der Droste schickt, und Romane; den ersten mit dem Titel „Anna" widmet sie Ottilie von Goethe. Sie hofft, ihren Aufenthalt im Rüschhaus bald wiederholen zu können, möchte von der Droste viel lernen, mit ihr und Schücking im ständigen, literarischen Gespräch bleiben. In seinen „Lebenserinnerungen" hat Levin Schücking später behauptet, im Frühsommer 1840 sei der Plan entstanden, auf dem Zehnthof der Sibylle Mertens-Schaaffhausen in Unkel eine Dichterwohngemeinschaft zu gründen mit der Droste, Adele Schopenhauer, Ferdinand Freiligrath und ihm, Schücking.

Therese von Droste-Hülshoff lädt Adele wiederholt ein, und auch Schücking bittet sie um ihr Kommen: *Denn Sie müssen wissen, daß ich hier eigentlich niemanden habe, auf dessen Urteil ich so viel gäbe, wie auf das Ihre; Sie müssen nicht glauben, ich wolle Ihnen eine Schmeichelei damit sagen, denn geradeheraus gesagt, es soll doch nicht heißen, ich hielte Sie für viel klüger als Fr. v. Droste, die offenbar, Sie mögen sich nun sträuben oder nicht, uns beide in die Tasche steckt* (...) *wenn es auf eine originelle Erfindung und Ausführung ankommt.*

Annette von Droste-Hülshoff und Adele Schopenhauer werden sich nicht wiedersehen im Rüschhaus, denn Adele erkrankt schwer an Unterleibskrebs. Sie befindet sich fast ständig in Kurbädern, zumeist in Karlsbad. In den Briefen der Droste an die Mutter, Jenny und Bekannte gibt es immer wieder Berichte über Adeles schwankenden Gesundheitszustand. Zunächst macht die Freundin sich *die beste Hoffnung zur völligen Genesung* (...) *findet sich in ihre Lage, und gewinnt nach und nach wieder Heiterkeit* (an Therese von Droste-Hülshoff, 17. April 1841), doch Ende Dezember 1842 schreibt Annette an Levin Schücking, sie habe von Adele einen *recht trüben* Brief bekommen und sie *fürchte mit ihr daß an Heilung nicht zu denken ist – nur an Hinhalten, vielleicht Lindern, auf längere oder kürzere Zeit...* Und gerührt berichtet Annette, die kranke Adele habe ihr *von eigner Hand ein wunderschön gemahltes Blatt geschickt – Randgemählde – ein Blumenkranz, mit den zierlichsten Inseckten durchsprenkelt, – Alles in Gold und brennenden Farben; – es ist das Schönste was ich je in dieser Art gesehn, – und so mühsam ausführlich, daß ich mich eben so viel darüber betrübt wie gefreut habe. – aber solange sie ihre armen kranken Hände noch rühren kann, wird sie es für Andre thun.*

Adele Schopenhauer (1797 – 1849)
Zeichnung von A. von Sternberg 1841

Adele Schopenhauer fühlt sich einsam in Jena, obwohl sie ständig in Gesellschaft ist. Und obwohl sie an Heilung nicht mehr glaubt, fährt sie weiterhin nach Karlsbald, um sich zu zerstreuen, die düsteren Gedanken zu vergessen, wie sie der Droste im Sommer 1841 erzählt: *In der sogenannten großen – aufrichtig, in der vornehmen Welt erzogen, im Wechsel ihrer Zustände erwachsen, war es natürlich, daß Karlsbad und der Umgang mit eminent geistreichen und brillanten Menschen, zugleich mit der ehemals gewohnten Glätte des Tons, der freien Sicherheit, die aber nur große Städte geben, auf mich wirkten. Ich befand mich in einem amusanten, gelaßnen Zustande, hier bin ich zu sehr in Anspruch genommen – ich war dort bequem, hier nicht. Ich ließ mich amusiren, das thut einem Kranken wohl, hier soll ich unterhalten, ich gab mich damals dort dem Treiben des Tages hin, hier geschieht nichts, ich soll was thun! Dabei nehmen sie Alles schwerfällig und ich bin todmüde!*

Trotz ihrer schweren Erkrankung nimmt Adele weiterhin regen Anteil am Leben und Schreiben der Droste. Am 15. November 1842 kann Annette Levin Schücking mitteilen: *Adele schreibt auch von Ihnen, mit vieler Liebe, und meint, unser Zusammenleben und Dichten in der alten Burg müsse etwas fabelhaft Schönes gewesen seyn...*

Adele Schopenhauers Kritik an der Ballade „Der Geierpfiff" vom April 1841 zeigt noch einmal auf, was sie weiblichen Autoren nicht zutraut. *Ihren Geierpfiff habe ich mit großer Freude gelesen, er ist sehr eigenthümlich und hat nur e i n e Schwäche. Sie haben sich gescheut den Moment, wo der Räuber vorspringen will, scharf anzudeuten, das schadet aber dem Gegensatz. Das Mädchen konnte doppelt zu fürchten haben, Entehrung und Tod, und doch ist dieser Augenblick nicht mit all Ihrer Kraft gehalten, weil Sie – Annette und nicht Paul oder Peter von Droste sind. Wundervoll sind die Naturschilderungen, da ist überall quellendes warmes Leben, man sieht, wie tausendfach Sie diese Eindrücke in sich gesogen haben.*

Im Mai 1843 sorgen sich Annette und Adele wechselseitig umeinander. Anfang des Monats hat Adele Schopenhauer bei einem kurzen Besuch in Berlin durch Amalie Hassenpflug von der Erkrankung Annettes und dem überstürzten Besuch Sibylles im Rüschhaus erfahren: *Liebe Nette! Sie haben mir einen Gott sei Dank! ganz unnützen Schreck in Berlin durch die Glieder gejagt, die Mertens hatte d e r m a ß e n Alarm geschlagen, daß die arme Hassenpflug und ich Sie sehr, sehr krank glaubten! Nun hoffe ich, nach den neusten Nachrichten, daß Sie nicht blos beßer, ja daß Sie auch g a r nicht gefährlich krank waren, obschon es Ihnen miserabel genug zu Muth gewesen sein mag! (...) Liebe Nette! wollte Gott sie dächten in guten Stunden an Schonung und Vorsicht!* Und am 24. Mai des Jahres schreibt die Droste an Sibylle Mertens-Schaaffhausen: *Von Adelen habe ich ziemlich neue Nachrichten, nur wenige Zeilen, eine bloße Anzeige ihrer Ankunft in Jena (...) ihr Befinden ist leidlich, doch ohne entschiedenes Uebergewicht zur Besserung, – wollte Gott ich hörte einmahl etwas Erfreulicheres! Diese Crise ihres Körpers und Gemüths ängstet mich mehr, als ich mir selbst gestehn mag.*

Ab dem Herbst 1843 ist keine Korrespondenz zwischen Annette und Adele mehr belegt. Annette von Droste-Hülshoff gibt sich daran die Schuld, wie sie Levin Schücking im März 1845 eingesteht: *Von A d e l e n weiß ich nur, daß sie in Rom bey der Mertens ist – ich habe leider (durch eigne Schuld, denn ich hatte ihren letzen vor 1½ Jahren erhaltenen Brief nicht beantwortet) ihre Adresse nicht, weiß sie auch nirgends zu bekommen, und hörte doch so gern mal wieder von ihr! Im Januar 1846 teilt Annette Sophie von Haxthausen mit: Adele sitzt noch immer in Rom, und schreibt ein Buch nach dem andern, aber keine Briefe, wenigstens m i r keinen, und ich kann noch immer ihre Adresse nicht bekommen.*

Adele Schopenhauer ist seit 1844 in Italien, zunächst mit Sibylle Mertens-Schaaffhausen in Genua, dann in Rom, wo Sibylle einem weit über die Stadtgrenzen bekannten Salon vorsteht. Als Sibylle wegen Erbschaftsangelegenheiten nach Bonn muss, lebt Adele, deren Gesundheitszustand sich rapide verschlechtert, allein in Florenz.

Im Frühjahr 1848 trifft Adele am Ende ihrer Kräfte in Bonn ein, Sibylle pflegt sie. Als Sibylle Mertens-Schaaffhausen sich wieder auf den Weg nach Rom macht, reist Adele Schopenhauer nach Weimar, wo sie vollends zusammenbricht. Dort holt Sibylle sie im Juni ab, bringt sie nach Bonn und pflegt sie in den letzten Wochen ihres Lebens. Am 25. August 1849 stirbt Adele Schopenhauer in den Armen ihrer Freundin Sibylle Mertens-Schaaffhausen. Der Grabstein auf dem Alten Friedhof in Bonn feiert Adele in italienischer Sprache als beste Tochter, treue Freundin und lobt ihre Begabung und ihre Würde, mit der sie alle Schicksalsschläge ertrug.

Grabmal der Adele Schopenhauer auf dem „Alten Friedhof“ in Bonn mit Grabplatte in italienischer Sprache:

Hier ruht
Luise Adelaide Lavinia Schopenhauer,
die 52 Jahre gelebt hat,
herausragend an Gefühl, Begabung und Talent,
beste Tochter,
den Freunden zugeneigt und treu.
Sie ertrug mit edelster Geisteshaltung
die Schicksalsschläge
und eine lange schmerzhafte Krankheit
mit heiterer Geduld.
Das Ende aller Leiden war am 25. August 1849.
Dieses Denkmal errichtete die untröstliche Freundin
Sibilla Mertens-Schaaffhausen.

Die Freundschaft zwischen Annette von Droste-Hülshoff und Adele Schopenhauer ist nicht so emotional geprägt wie die zu anderen Frauen. Ihre Grundlage ist das gemeinsame Interesse an Literatur, am Schreiben – da war Adele der Droste eine wichtige Kritikerin, gern akzeptierte gleichberechtigte Partnerin, wie die Dichterin im Herbst des Jahres 1837 in einem Brief an Sophie von Haxthausen gesteht: *...glaube nicht daß sie mich durch Liebeserklärungen bestochen, ich begreife nicht wie sie gegen dich dazu gekommen, denn sonst war sie dermaßen RESOLUT mit mir, daß ich wohl von keiner Person in meinem Leben soviel Unangenehmes zu hören bekommen habe; – das ist ganz gewiß wahr, das kannst Du mir glauben...*

Elise Rüdiger

Meine Liebe zu ihr steigt fortwährend

Nicht wahr, mein Lies? treu bey Sonnenschein und Schnee, in guten und in bösen Tagen? – in Leiden uns auf den Andern gestützt, die Freuden doppelt genossen, und wenns uns beyden schlecht gehn sollte, doch wenigstens noch einander gehabt; – so wär es doch ein Wunder wenn zwey so zähe Planken wie wir sich nicht leidlich über dem Wasser halten sollten. – wüßten die Egoisten welcher große Frieden in der Treue liegt, sie bekehrten sich Alle dazu.

Mit diesem Brief aus Meersburg an ihre Freundin Elise Rüdiger beginnt Annette von Droste-Hülshoff das Jahr 1844. Wie viele Briefe mögen sich die beiden im Laufe ihrer zehnjährigen Freundschaft geschrieben haben? Von den beinahe 700 überlieferten Briefen der Annette von Droste-Hülshoff sind etwa 30 erhalten, die sich an Elise Rüdiger richten. Darunter einige ihrer schönsten und bedeutendsten Briefe, wie der oft zitierte Brief aus Abbenburg *nach hundert Jahren möchte ich gelesen werden,* die Schilderung eines *Grospapa aller Stürme* am Bodensee, die genaue Beschreibung des Meersburger Fürstenhäuschens, das die Dichterin von ihrem ersten großen Honorar kauft und das sie zu einer *grandiosen Grundbesitzerin* macht, die amüsante Verwechslung während einer Kutschfahrt oder gar der Brief, in dem sie von ihrer beschwerlichen letzten Reise zum Bodensee berichtet, ein Brief, an dem Annette von Droste-Hülshoff 14 Tage lang schreibt.

Von Elise Rüdiger sind nur zwei unbedeutende Briefe an Annette erhalten. Die Historisch-kritische Ausgabe verzeichnet zwar 42 An-Briefe, diese sind jedoch überwiegend aus anderen Briefen oder Tagebuchaufzeichnungen erschlossen.

Elise Rüdiger wird am 7. März 1812 als Elise Friederike Felicitas von Hohenhausen in Eschwege geboren und wächst in Kassel und Minden auf, wo ihr Vater Mitbegründer des „Mindener Sonntagsblatts“ ist. Da ihre Mutter Elise von Hohenhausen (geb. von Ochs) literarisch tätig ist und vor allem in der gemeinsamen Berliner Zeit ab 1820 dort Kontakte zu den literarischen Salons pflegt, begegnet Elise Rüdiger als junges Mädchen berühmten Persönlichkeiten wie Rahel Varnhagen, Henriette Herz, Chamisso, Fouqué und Heine. 1831 heiratet sie in Minden den Juristen Karl Ferdinand Rüdiger, mit dem sie 1833 nach Münster zieht.

Annette lernt Elise Rüdiger am 11. Dezember 1837 in Münster kennen. Sie ist in der Wohnung der Rüdiger „Auf der Rothenburg“

Haus Rothenburg (nicht erhalten)

zusammen mit Luise von Bornstedt zum Tee eingeladen. Dort wird sie Augenzeugin einer Protestaktion der Münsteraner gegen die Preußen. Eindrucksvoll schildert sie ihrer Mutter diese Ereignisse. Sie schreibt am 11. Februar 1838: *...ich war diesen Abend zum Thee bey einer Oberregierungsräthin Rüdiger, Tochter der Elise Hohenhausen, die sich mir durch Nettchen Kettler hatte vorstellen lassen, worauf man es schicklich fand, daß ich ihr einen Besuch mache, – ich beredete die Bornstedt, mit der ich zuweilen bey Schlüters zusammen treffe, mit mir hinzugehen, und wir drey Frauenzimmer waren allein hinter dem Theetisch, es war schon spät, und die Rüdiger sagte mehrere Mahl: ‚hören sie doch, wie das auf den Straßen rennt!' ich sagte immer ‚das ist Nichts, irgendwo ein Peter oder dergleichen' mit einem Mahle hörten wir von Weitem (sie wohnt am Ende der Rothenburg nach Aegidy Straße zu) ein furchtbares Hurrahgeschrey, es kam vom Domhofe und Markte, wir sprangen ans Fenster und sahen die ganze Rothenburg und Aegidy Straße voll MILITAIR, mit gezogenem Säbel, ich lief auf der Stelle unten ins Haus, um zu sehn ob ich Jemand fände der mich fortbrächte, der Sohn vom Hause war bereit, und ich zog in gröster Eil ab, trotz allen Bitten der Rüdiger, die zitterte wie ein Espenlaub...*

Annette ist von nun an häufiger bei der neuen Bekannten zu Gast, zumal diese einen literarischen Salon in ihrer Wohnung gründet. Elise Rüdiger tut dies wohl auch, um sich selbst etwas zu beweisen. Jahrelang hat sie innerhalb der Familie im Schatten ihrer begabten Schwester Sophie und ihres hübschen, jüngeren Bruders Carl gestanden.

Elises Salon wird zum Anziehungspunkt für die Münsteraner Literaten. Annette, die gerade an der ersten Herausgabe ihrer Gedichte arbeitet, ist der „Star" des Kränzchens, in dem sich auch Levin Schücking, Luise von Bornstedt, Carl Carvacchi, Wilhelm Junkmann und andere treffen. Eigene Werke werden vorgestellt, Neues besprochen und Altes diskutiert. Annette von Droste-Hülshoff kann wegen häufiger Erkrankungen nicht regelmäßig teilnehmen. Als Ferdinand Freiligrath, der mit Schücking befreundete westfälische Dichter, einmal in Münster zu Gast ist, sagt er den versprochenen Besuch in Elises Salon wegen der Abwesenheit Annettes ab.

Annette schreibt im Juli 1839 ihrer Schwester Jenny dazu: *...am andern Tage kam Schücking ganz AFFAIRIRT und geheimnißvoll zu mir, mir 1000 Grüße von Freiligrath zu bringen, ‚er lasse mir sagen, meine Gedichte seyen wunderschön, und er hätte viel darum gegeben, mich kennen zu lernen, nun ich aber absagen lassen, möge der Henker das ganze Kränzchen holen' ich freue mich ihn nicht gesehn zu haben, er muß ein COMPLETER Esel seyn – so ein Ladenschwengel braucht wahrhaftig nicht zu thun, als ob unser Kränzchen ihm die Schweine hüten müste! – sein schneller und gigantischer Ruhm hat ihn ganz rapplicht gemacht* – ... Annette empört sich zwar über das arrogante Verhalten Freiligraths, das ihr natürlich dennoch schmeichelt. Sie selbst äußert sich auch oft kritisch über das *Sonntagskränzchen* oder die *Heckenschriftstellergesellschaft.* Ihr Lustspiel „Perdu“ und ihr Gedicht „Der Theetisch“ sprechen für sich. Nachfolgend einige Strophen als Beispiel:

Wo ein schöner Geist, den Bogen
Feingefältelt in der Tasche,
Lauscht wie in den Redewogen
Er das Steuer sich erhasche;

Wo in zarten Händen hörbar
Blanke Nadelstäbe knittern,
Und die Herren stramm und ehrbar
Breiten ihrer Weisheit Flittern.

Alles scheint dir noch gewöhnlich,
Von der Sohle bis zum Scheitel,
Und du rufst, dem Weisen ähnlich:
“Alles unter'm Mond ist eitel!“

Als es den Kreis schon seit einigen Jahren nicht mehr gibt, schreibt Annette rückblickend an Elise: *... d i e s e n durfte man nur aus der Ferne betrachten hinter den COULISSEN sah es überall peinlich aus.* Peinlich erscheinen neben mancherlei literarischen Erörterungen und wichtigtuenden Auftritten wohl einige der persönlichen Beziehungen der Mitglieder untereinander. Die große Intrigantin aus der Sicht Annettes ist Luise von Bornstedt. Levin Schücking flirtet nicht nur mit der Bornstedt, sondern beginnt ein Liebesverhältnis mit Elise Rüdiger, die er sein *Käthchen* nennt. Über seine Rolle als „Hahn im Korb“ prahlt Schücking in einem Brief an

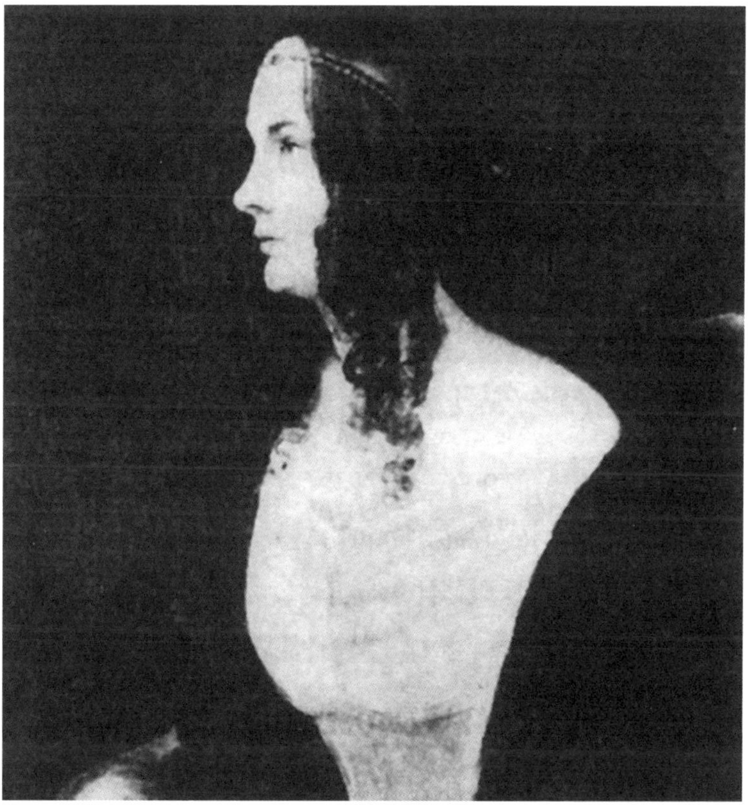

Elise Rüdiger (1812 – 1899)
Gemälde von Johannes Sprick, um 1840

seinen Freund Freiligrath. *...mein Käthchen hat mich lieb, mein Mütterchen, die Droste schreibt mir zweimal in der Woche einen ellenlangen Brief, der kurieusen, verzwickten und doch höchst amusanten Bornstedt mach ich die Cour, obwohl sie verlobt ist.*

Im Juni 1840 gesteht Annette ihrer Freundin Elise: *...Sie sind mir sehr lieb, Elise, viel lieber als sie es wissen, und auch lieber als ich Ihnen bin – ich sage das nicht, um einen zärtlichen Widerspruch aus Ihnen heraus zu locken, sondern damit Sie einen Maasstab haben, nach dem Sie meine Neigung beurtheilen können, – ich bin gewiß daß Ihre Gedanken nicht so oft bey mir sind, als die meinigen bey Ihnen, und daß Sie mein Wohlseyn nicht in d e m Grade am Herzen tragen, – das soll kein Vorwurf seyn, sondern ein unumwundenes Aussprechen meiner Gefühle für Sie...* Im selben Brief beklagt Annette die Befangenheit von Elise im Umgang mit ihr: *...es dünkt mir oft, als liege doch immer eine Art von Zwang und Befangenheit auf Ihnen, wenn wir zusammen sind...* Doch die beiden Frauen kommen sich immer näher. Annette besucht Elise häufig in Münster. So schreibt sie im November 1842 an Schücking: *Ich habe die ganze Zeit bey Elisen LOGIRT* und weiter schreibt sie: *Wir haben eine sehr liebe Zeit zusammen verlebt, Tante Ittchen war noch nicht da, und ich kroch derweil in ihr Bette, vor das sich Elise dann jeden Abend setzte, wo uns unter Ernst und Lachen oft die Mitternacht über den Hals kam ehe wir es dachten...*

Auch Elise ist oft zu Besuch im Rüschhaus, wo sie, wie Annette es ausdrückt, *als Meteor über den See strich.* Beide tauschen Bücher aus und unterhalten sich über literarische Neuigkeiten und Tendenzen. Annette lobt Elises Aufsatz über Dingelstedt als *ausgezeichnet geistreich.* Er verrate *wahrhaftig keine Frauenhand.* Zu „Josephine", von Bellani, die ihr Elise zum Lesen schickt, schreibt Annette: *...ich war recht lesehungrig und bin drüber hergefallen wie eine dürre Ziege über den Kohlstrunk.* Nach der Lektüre von „Andersens Reisen" verrät Annette Elise: *Der ANDERSEN, das ist mein Mann.*

Elise bietet Annette, was dieser fehlt: Anregung und Austausch. Natürlich nimmt man auch Anteil an familiären Angelegenheiten. Annette schätzt Elises Tante Ittchen. Nach deren Tod schreibt sie einen Nekrolog auf sie. Elise ist bei Annettes Mutter, Therese von Droste-Hülshoff, sehr gern gesehen, was die Kontakte der beiden Frauen wesentlich erleichtert. Elises Mutter wiederum, Elise von Hohenhausen, schreibt die erste Rezension zur Gedichtausgabe der Droste 1838 und sorgt für die Veröffentlichung von Droste-Gedichten im „Mindener Sonntagsblatt". Und Annette verzichtet sogar einmal auf ihr Honorar bei der „Kölnischen Zeitung" zugunsten der Veröffentlichung einer Novelle von Elise Rüdigers Mutter. Auch sonst steht sie in literarischen Fragen mit Rat und Tat zur Seite, wann immer es sich anbietet. Aber auch um alltägliche Dinge geht es im Briefwechsel der beiden Frauen. So bittet Annette Elise einmal um Schuhsohlen, die einer ihrer Onkel zu Kunstwerken verarbeitet, es sollen aber die *dünnen feinen, von schönen jungen Damen in Gesellschaft oder auf Bällen getragen sein.*

Die Nähe und Vertraulichkeit der beiden wächst. Elise schreibt lange Briefe, Annette, so sagt sie selbst, zu oft nur *Zeddel.* Niemand weiß, so behauptet Annette, sie in ihrer *oft grenzenlosen Trägheit so mobil zu machen* wie Elise. In ihren Briefen redet Annette Elise unter anderem an mit *gute barmherzige Seele, mein Liebchen, gute herzige Elise, mein klein Thierchen, Sie Lumpus, altes Ding, lieb Tuckelchen, mein liebstes einziges Herz.* Wenn Annette auch allgemein gerne vertrauliche Anreden verwendet, so deutet doch der Briefwechsel der beiden Frauen auf eine besondere Tiefe und Nähe der Verbindung. Briefe von Elise sind für Annette sehr wichtig. Sie wirken auf sie *wie Mayregen in der Wintereinsamkeit* oder sind *im Regenwinter die einzige Abendröthe.* Doch trotz aller Nähe bleibt es aber in den vielen Jahren der Freundschaft zwischen Annette und Elise beim förmlichen Sie.

Natürlich gibt es, wie in jeder Freundschaft, auch gelegentliche Unstimmigkeiten. Ende des Jahres 1842 schreibt Annette an Elise:

Nun aber, mein klein Herz, Sie sind mir böse gewesen? – das hat mich hintennach recht erschreckt, – lieber Gott! ich bin so ungeschickt, so wenig gemacht mit einem so zarten Wesen wie Sie zu verkehren, daß ich mich selbst prügeln möchte, wenn ich mich nur klüger damit schlüg, – Mein lieb Thierchen, wenn ich Dergleichen wie neulich sage, dann ists, aufrichtig gestanden, auch nur Eifersucht, – meine Liebe ist eben so empfindlich, und viel tyrannischer als die Ihrige, ich möchte Sie gern sehr an mich reißen, und wenn mir dann einfällt, wie viel tiefer in der Natur gegründet andere Ansprüche sind, wie ich mir, vernünftiger Weise, gar nicht einbilden darf ihnen die Wage zu halten, dann kann mich MOMENTAN eine unmuthige Trauer überkommen, die Sie mir nicht zu streng anrechnen dürfen, – hätte ich Sie nicht so lieb dann passirte es mir nicht. – Sie wissen gar nicht was Sie mir sind, Elise! Was auch immer der Grund für Annettes Eifersucht auf andere Ansprüche, die möglicherweise in der Familie ihrer Freundin oder bei ihrem Ehemann lagen, war, genau werden wir es nicht mehr erfahren.

Aber auch Annette ärgert sich gelegentlich über Elise. So zum Beispiel, als diese Annettes Koketterie anspricht und damit einen wunden Punkt aus ihrer Bökendorfer Zeit berührt: *Was kommen Sie mir denn mit meiner steinalten, seit 25 Jahren begrabenen, Koketterie?* Damals mussten sich die jungen haxthausischen Damen in Bökendorf, dem Wohnsitz von Annettes Großeltern, und auch andere, die wie Annette dort zu Besuch weilten, ständig in der Männerwelt behaupten und waren kritischen Beurteilungen ausgesetzt. Sie mussten sich um den *Beyfall der Löwen* bemühen.

Nach der Rückkehr von Annettes erstem Meersburg-Aufenthalt 1842, wo sie ihre Schwester Jenny und deren Familie besucht hat, schreiben sich die beiden jede Woche. Annette teilt Levin Schücking mit: *...und sie wird übermorgen, schon zum dritten mahl in dieser kurzen Zeit, auf mehrere Tage zu mir kommen, – ich denke der Gewinn ist auf beyden Seiten.* Und wenig später schreibt sie: *Meine Liebe zu ihr und die Enge unseres Verhältnisses steigt fortwährend.*

Natürlich ist der gemeinsame Freund Levin immer wieder Thema im Briefwechsel und sicherlich in den Gesprächen der beiden Frauen. Annette setzt sich über Elise bei deren Mann für eine Anstellung Levin Schückings ein. Annette und Elise kümmern sich um Schückings Schwester Pauline. So eng auch die Beziehung der beiden Freundinnen ist und so sehr sie auch um Levin Schücking kreist, über die geplante Anwesenheit Schückings in Meersburg hat Annette auch Elise gegenüber keine Andeutungen gemacht. Später gibt sie recht komplizierte Erklärungen dafür, dass Levin Schücking zusammen mit ihr in Meersburg weilte.

Welche Rolle spielt Annette von Droste-Hülshoff überhaupt im Dreieck Annette, Elise und Levin? Wir wissen um Levins Beziehung zu Elise aus der „Kränzchenzeit". Nach Schückings Abreise aus Meersburg und seiner Anstellung beim Fürsten Wrede in Ellingen will Annette von Levin wissen, was sie aus seinen Briefen der gemeinsamen Freundin Elise mitteilen darf. Sie fragt ihn, obwohl sie weiß, dass sich Schücking früher immer auf Elises Verschwiegenheit verlassen konnte. Darf sie Elise nicht mehr alles aus Schückings Briefen mitteilen, oder will sie es nicht mehr? Sind da nicht die Zweifel und eifersüchtigen Gefühle mehr auf Annettes Seite? In ihren Briefen spielt sie die beiden mitunter gegeneinander aus und ist oft nicht aufrichtig. So schreibt sie Schücking: *Elisen hat dein l a f l e u r gefallen, doch, wie mir scheint, nur lau, da ihr wirklich der Sinn fürs Humoristische abgeht.*

In Münster wird derweil viel geklatscht und spekuliert, was die Beziehung Elise und Levin angeht. Man wundert sich auch über Levin Schückings Reise nach Meersburg und den gemeinsamen Aufenthalt von Annette und Levin auf der Meersburg. An diesen Klatschereien ist Luise von Bornstedt, ein weiteres Kränzchenmitglied, maßgeblich beteiligt. Elise Rüdiger bittet Levin über Annette um die Rückgabe aller ihrer Briefe sowie eines Porträts, das sie Levin einmal schenkte und das in ihrer Umgebung inzwischen vermisst wird. Annette unterstützt Elise in dieser Angelegenheit.

Elise sei, so Annette, nicht gemacht, *der Welt zu trotzen.* Die Veränderung der Einstellung Elises gegenüber Schücking deutet Annette so: *...doch haben auch ihre religiösen Ansichten, die jetzt sehr klar und bestimmt sind, großen Antheil daran. – Sie ist Dir vielleicht herzlicher zugethan als je, aber in einer anderen Weise.* Annette freut sich darüber, *wie heiter, herzlich und doch ganz im Gefühle ihrer jetzigen Stellung* Elise von Schücking spricht. Sie ist froh über die Veränderung der Gefühle der beiden füreinander und fordert geradezu solidarisch auch ihr Bild und ihre Briefe von Levin Schücking zurück, zumal sie diesem hinsichtlich des immer wieder von ihr geforderten Verbrennens der Briefe nicht traut. Allerdings schränkt sie ein: *Mein gutes Herz, das habe ich blos aus Rücksicht für Elise gethan, mich dünkte es war ein Opfer was ich ihrem Selbstgefühl schuldig war, um der Sache so ganz das trübe Ansehn eines Austausches alter Liebespfänder zu nehmen.*

Was die Briefe vor der Meersburgzeit angeht, so gibt Annette Elises Vorschlag an Schücking weiter, *...daß wir, mit einem Passe von Dir versehn, hingeen und Jeder das Seinige zu sich nehmen soll.* Bald sieht Elise zumindest von der Zurückforderung des Porträts ab. Annette aber ist immer noch dafür, *alte Liebeserinnerungen* zu vernichten. Auch fordert sie Levin auf, in Zukunft *von kleinen Phantasie-Spielereyen mit alten Gefühlen* abzusehen. Als Elise in privaten Nöten ist und Annette Levin darüber berichtet, rät sie ihm von einer persönlichen Kontaktaufnahme mit Elise ab. Dies könne Elise unnötig aufregen. Sie selbst gebe ja alle Anteilnahme Schückings in *Wärme* an Elise weiter. Dennoch schreibt Schücking selbst an Elise. Er erinnert in seinem Brief an die gemeinsame Zeit und bringt dabei *höchst widrige Anekdoten von unerlaubten Verhältnissen* zur Sprache, für die er nach wie vor Sympathie äußert. Annette ist empört über diese Verletzung Elises durch Levin Schücking, zumal Elise längst vergessen will, dass ihr *Schücking je etwas Anderes als der nächste theuerste Freund, der wertheste Bruder* gewesen ist. Und an anderer Stelle schreibt die Droste: *Elise hat keine Ader von Bigotterie, aber ihre innere Natur ist so in* *sich rein, gerecht, und RELIGIÖS, daß, wie sie mir sagte, ihre SCRUPEL in keiner Periode der Leidenschaft beschwichtigt gewesen seyen, und sie längst zur bewusten Klarheit und Festigkeit ihrer früheren Ansichten – rücksichtlich unzulässiger Verbindungen, zurück gekehrt sey.* Elise bereut die Verbindung mit Schücking und lässt Schücking über Annette brieflich mitteilen: *...sagen Sie ihm daß ich jene unglückliche Verbindung allerdings s e h r bereue, da sie eine große Sünde, und mich schäme, da sie eine große Thorheit gewesen.* So hat sie auch keine Probleme, als Levin Schücking seine spätere Frau Louise von Gall kennen lernt, während Annette zeit ihres Lebens große Vorbehalte gegen diese hat. Elise Rüdiger äußert sich Annette gegenüber: *Geben Sie der Wahrheit die Ehre, mein lieb Engelchen, habe ich mich nicht viel lebhafter gefreut als Sie?*

Elise möchte Levin Schücking möglichst nicht mehr wiedersehen. Neugierig ist sie allerdings auf seine Frau und eventuelle Kinder.

Mit Schücking als Ehemann kann Elise wesentlich besser umgehen als Annette. Hat das allein mit den mütterlichen Gefühlen und dem Verantwortungsbewusstsein der Dichterin für Levin Schücking zu tun? Levin bleibt weiterhin ein wichtiges Thema in den Briefen der Freundinnen. Annette lässt sich immer wieder über seine Frau aus, die sie sowohl als Frau als auch als Schriftstellerin kritisiert. Sie bezeichnet diese als *ächt Bornstedtisch* und behauptet, Schücking werde von seiner Frau bevormundet. Auch Schücking selbst ist in ihren Briefen an Elise oft Zielscheibe ihrer Kritik, indem sie seine Haushaltsführung oder seine Arbeit als Schriftsteller negativ wertet. Dabei ist Annette von Droste-Hülshoff oft nicht aufrichtig. Sie lobt Schücking in den an ihn gerichteten Briefen; in Briefen an Elise zeigt sie eine andere Sichtweise. Genauso hält sie es mitunter, wenn es in Briefen an Schücking um Elise geht. Gelegentliche Unehrlichkeiten und diplomatische Schachzüge gehören zu dem Netzwerk dieses Dreiecks. Die gemeinsame Liebe zu Schücking verbindet Annette und Elise, aber die Nähe zwischen Elise und Annette wird umso größer, als sich Annette von Levin entfernt.

Burg Meersburg

Im Sommer 1843 planen die beiden Freundinnen eine gemeinsame Reise zu Annettes Schwester Jenny von Laßberg und ihrer Familie an den Bodensee. Annette schreibt: *Ich denke in Meersburg finden wir immerblühende Rosen, und ich gebe Ihnen dann die frischesten vom Strauche, dem Sommer und Winter gleich ist, wie unserer Liebe ja auch...*

Annette will die Reise mit der Freundin genießen und, ganz praktisch gesinnt, bittet sie Elise sogar, *Kleid und einige Kragen* von ihr mit in den Koffer zu nehmen.

Im September 1843 reisen Elise und Annette in Begleitung von deren Mutter Therese nach Meersburg. In Bonn lernt Elise bei einem Zwischenaufenthalt Annettes Verwandte kennen. Bis Mitte Oktober bleibt Elise in Meersburg, und sie wird nach ihrer Abreise schmerzlich vermisst. Um einander auch in der Entfernung nahe zu sein, versprechen sich die beiden Freundinnen, in einer Stunde des Tages, nämlich der dritten, besonders aneinander zu denken. In ihren Briefen erinnert Annette an gemeinsame Unternehmungen. Sie schreibt Elise im November 1843: *Ich bin indessen noch keinen Tag von Ihnen getrennt gewesen, alle Nachmittage um drey (außer vorgestern wo es hart regnete) habe ich an unserem Strande gesessen, der mir durch Sie so lieb geworden ist, daß keine andere Erinnerung neben Ihrem lieben Gesichtchen dort ein Haarbreit Raum findet.* Und weiter: *Ich habe auf unserm Kiesgrund noch schöne schöne Dinge gesehn, und das Herz hat mir ordentlich geblutet daß Sie nicht da waren...*

Annette sehnt sich nach Elise, und manche Zeilen aus den Briefen, die Annette schreibt, nachdem Elise abgereist ist, erinnern an Briefe, die Annette nach Schückings Abreise aus Meersburg schrieb. So teilt sie Elise mit: *Ach, ich habe mich wieder so arg nach Ihnen gesehnt, daß es ganz unausstehlich war, und ich mir fast einbildete ich sey krank, und könne nicht in die Kirche gehn, förmlich bey den Ohren habe ich mich dazu nehmen müssen, und merke doch nun, daß mir eigentlich nichts fehlt als Sie.* Diesem Brief legt die gläubige, aber tolerante Katholikin ihrer protestantischen Freundin zu ihrer beider Namenstag ein Gedicht bei: *...ein Stück Novembermorgen – Poesie zum Frühstück gebraten, – da haben Sie die Schüssel wie sie ist! – noch mit unabgewischten Rande – aber gut gemeint, und jedes Wort wahr darin.*

An Elise

Am 19. November 1843

Du weißt es lange wohl wie werth du mir,
Was sollt' ich es nicht froh und offen tragen
Ein Lieben, das so frischer Ranken Zier
Um meinen kranken Lebensbaum geschlagen?
Und manchen Abend hab' ich nachgedacht,
In leiser Stunde träumerischem Sinnen,
Wie deinen Morgen, meine nahnde Nacht
Das Schicksal ließ aus Einer Urne rinnen.

Zu alt zur Zwillingsschwester, möchte ich
Mein Töchterchen dich nennen, meinen Sprossen,
Mir ist, als ob mein fliehend Leben sich,
Mein rinnend Blut in deine Brust ergossen.
Wo flammt im Herzen mir ein Opferheerd,
Daß nicht der deine loderte daneben,
Von gleichen Landes lieber Luft genährt,
Von gleicher Freunde frommen Kreis umgeben?

Und heut', am Sankt Elisabethentag,
Vereinend uns mit gleichen Namens Banden,
Schlug ich bedächtig im Kalender nach,
Welch' Heilige am Taufborn uns gestanden;
Da fand ich eine königliche Frau,
Die ihre milde Segenshand gebreitet,
Und eine Patriarchin, ernst und grau,
Nur werth um Den, deß Wege sie bereitet.

Fast war es mir, als ob dies Doppelbild
Mit strengem Mahnen strebe uns zu trennen,
Als woll' es dir die Fürstin zart und mild,
Mir nur die ernste Hüterin vergönnen;
Doch – lächle nicht – ich hab' mich abgekehrt,
Bin fast verschämt zur Seite dir getreten;
Nun wähle, Lieb, und die du dir bescheert,
Zu der will ich als meiner Heilgen beten.

Eugen Christoph Kühnast schreibt in seiner Rezension der Gedichtausgabe 1844 von Annette von Droste-Hülshoff zu diesem Gedicht im „Westfälischen Merkur“: „Aber nicht bloß zu verehren versteht sie, sie weiß ihre Freunde zu lieben. Das Gedicht *An Elise* überragt Alles. In schönerer, sinnigerer Weise hätte sie ihre unbekannte Freundin nicht einführen können. Kein besseres Denkmal konnte sie ihrem Herzen setzen.“

Auch in der Familie Laßberg hat der Besuch Elise Rüdigers großen Eindruck hinterlassen. Annette lässt Elise wissen: *Sie glauben nicht, welch ENORMEN Klotz von Steine Sie hier im Brette haben.* Die Kinder Jennys, Hildegard und Hildegunde, nennen Elise Rüdiger *Urgroßtante* und Laßberg, der Nibelungenforscher, bezeichnet sie in Anspielung auf ihren Nachnamen Rüdiger als *die Tochter der Gothelinde.* Der Meersburgbesuch hat Elise und Annette noch näher verbunden und verschafft ihnen zusätzliche gemeinsame Erinnerungen. In den Briefen werden Neuigkeiten aus Meersburg weiter erzählt. Immerhin kennt Elise jetzt eine Reihe von Personen dort. Stolz berichtet Annette auch von den Verhandlungen zu ihrer zweiten Gedichtausgabe. Annette freut sich auf ein Wiedersehen mit Elise in der Heimat: *Ach, mein Lies, ich kann Ihnen nicht sagen wie ich mich auf Ihr gutes Gesichtchen freue!*

In ihrem Brief vom April 1844 schlägt Annette von Droste-Hülshoff ihrer Freundin Elise Rüdiger eine gemeinsame Arbeit vor: *...aber was meinen Sie? sollen wir zusammen, unter eigenen Namen, einen Band von sechs Erzählungen heraus geben – drey Sie, drey Ich? –*

ich denke mir Cotta nähm ihn, und würde ihn auch ordentlich bezahlen.

Schücking gegenüber äußerte sie sich im September 1842 noch eher skeptisch über Elises literarische Fähigkeiten: *...sie ließt viel, schreibt, wie gesagt, zuweilen kleine Aufsätze, wozu ich sie möglichst ermuntere, obwohl ihr Talent sich nicht so entwickelt wie ich es erwartete, und vielmehr sie gleich anfangs die Grenzen ihrer Leistungen scheint erreicht zu haben, was aber immer schon ganz hübsch und hinlänglich ist, ihr eine angenehme gesellige Stellung zu sichern.*

An Elise gerichtet, schreibt sie im Juli 1843: *...überhaupt Liebchen, Ihr öffentlicher Styl ist eben so männlich, wie Sie selbst weiblich sind! Ich lese nie ein Gedrucktes von Ihnen, ohne ein wenig zu lachen, wenn ich mir Ihr frommes, schüchternes Kindergesichtchen über diese resoluten Zeilen gebeugt denke!*

Ist Annette im April noch enthusiastisch hinsichtlich des gemeinsamen Projektes, so quält sie sich im November des gleichen Jahres an den versprochenen Erzählungen, die sie am liebsten ruhen lassen möchte. Annette ist gesundheitlich angeschlagen und pflegt ihre erkrankte Amme. Dennoch *brütet* sie weiter an dem Stoff zu einer dritten Erzählung. Auch Elise hat Zweifel, ob sie die gemeinsame Arbeit schafft. Sie fragt sich, ob das von ihr verfasste Porträt der richtige Beitrag ist. Annette beruhigt sie: *Ich hoffe jetzt auch endlich ernstlich an unsre gemeinschaftliche Arbeit zu kommen; quälen Sie Sich nicht zu sehr mit dem Gedanken an Ihre Aufgabe dabey, lieb Herz, – meine Stoffe sind so weitläufig daß sie doch ein ziemlich dickes Buch ausfüllen werden, und einige Portraits von Ihrer Hand, um die Einförmigkeit angenehm zu unterbrechen, werden hinlänglich seyn, und in diesem Fache traue ich Ihnen das allergrößte Talent zu.*

Der gemeinsame Erzählband kommt nicht zustande. Liegt dies am schlechten Gesundheitszustand Annettes oder am geplanten Wegzug Elise Rüdigers nach Minden? Annette erfährt, nach Andeutungen im November 1844, von den eigentlichen Umzugsplänen im Juni 1845. Sie ist verzweifelt darüber, dass Elise fort muss und schreibt: *Sie sind mir nun so lange Alles in Einer gewesen, und ich kann mir gar keinen moglichen Ersatz denken, – mag mir auch keinen denken, und will nur in Gottes Namen unter die Eremiten gehen, wenn Sie wirklich fort müssen.* Sie gesteht Elise ein, dass sie sich schon lange von ihren Jugendbekannten zurückgezogen hat: *Lieb lieb Herz! ich kann nicht ohne Sie seyn, und ich folge Ihnen auch überall nach, soweit die Umstände es irgend zulassen...*

Im Oktober 1845 zieht Elise Rüdiger mit ihrem Mann zurück nach Minden. Acht Jahre lang war Elise ihrer 15 Jahre älteren Freundin Annette meist räumlich verbunden und erreichbar. Obwohl Annette selbst sehr traurig und bedrückt ist, macht sie Elise Mut für den Neubeginn in Minden, *...es wird sich Alles in Minden anders und besser gestalten als Sie denken...* Sie will Elise *recht fleißig* schreiben und sie auch in Minden besuchen, mindestens acht Tage dort bleiben, und sie hofft, dort ungestört mit der Freundin zu sein, da sie in Minden niemanden kenne und keine Verpflichtungen habe. Begeistert schreibt sie der Freundin im November des gleichen Jahres von einer neuen Erfindung: *Ich las neulich von einer Erfindung, die man noch zu vervollkommnen, und zum Besten der Politik auszubeuten hofft; nämlich durch eine, wenig kostbare, Vorrichtung von drathdünnen Röhrchen unter der Erde, den Schall auf große Wegstrecken so fortzupflanzen, daß man z.B. in Minden nur sprechen, und ein Anderer in Münster das Ohr anlegen darf. – Ich denke mir diese Einrichtungen würden dann Regale, und man förmlich auf BILLETS, nach vorläufiger Bestellung, zu Unterredungen zugelassen; – Ach Gott, Lies, was würden wir da manchen halben Gulden todtschlagen!* Annette verspricht Elise, sich auch keine neuen Freundinnen anzuschaffen. Auf Annettes Schreibtisch stehen drei Daguerreotypien von Elise. Nun schickt Annette Elise ein Bild von sich *en profil* zum Namenstag. Dem Bild fügt sie ihr Gedicht „An Elise in der Ferne“ bei.

An Elise in der Ferne

Mit meinem Daguerrotyp

Zum ersten Mahl im fremden Land
Sucht Dich mein Geist an diesem Tag,
Muß ängstlich spähen, scheu und zag
Eh er die liebe Schwelle fand.

Das stille Zimmer kennt er nicht,
In dem zu Dir mein Schatten tritt,
Mit leisem losem Geisterschritt,
Verdämmernd wie ein Elfenlicht

Du schaust ihn an, er schaut seitab,
Als such' in ungeborner Zeit
Für seiner Treue Seligkeit
Er sich den rechten Zauberstab

Der aus dem Keim die Blüthe ringt,
Der weckt den Nachtigallenschlag
Und, ach, den lieben warmen Tag,
Der ihm sein Liebstes wiederbringt!

Es ist dies das dritte Gedicht, das Annette von Droste-Hülshoff ihrer Freundin widmet. Im März 1845 hatte sie für Elise ein Geburtstagsgedicht geschrieben, das sie ihr zusammen mit einer Tasse schenkte. Elise wiederum schickt Annette im Januar 1846 ein Leuchterchen zum Geburtstag und berichtet über einen Berlinbesuch, bei dem sie unter anderem die Grimms und Bettina von Arnim kennenlernte. Im Mai 1846 kommt Elise zu einem vierwöchigen Besuch zu Annette ins Rüschhaus. Annette freut sich, endlich mit Elise *zweizusiedeln*. Nach der Abreise der Freundin verschlechtert sich der Gesundheitszustand der Dichterin. Ihre Mutter ist in Meersburg, und Annette lebt zurückgezogen in der Einsamkeit des Rüschhauses. Das Briefeschreiben erschöpft sie: *Wissen Sie wohl, lieb Herz, daß ich bereits viel, viel zu lange*

Annette von Droste-Hülshoff

Daguerreotypie von Friedrich Hundt, 1845

geschrieben habe? und mir die Brust geht wie ein kochender Topf? das Lies verführt mich immer zu Ausschweifungen... Trotz des schlechten Gesundheitszustandes denkt Annette an eine weitere gemeinsame Reise nach Meersburg. Diese wird aber nicht unternommen. Auch treffen sich die Freundinnen nicht, wie schon einmal angedacht, im Sommer 1846 in Meersburg. Als Elise Rüdiger die Familie Laßberg am 23. Juli 1846 zusammen mit ihrer Mutter und ihrer Tante auf der Rückfahrt von einer Schweizer Reise auf der Meersburg besucht, ist Annette noch nicht dort. Ihre geplante Fahrt an den Bodensee hat sich wegen des schlechten Gesundheitszustandes verzögert.

Annette vermisst Elise: *...ich fühle daß mit Ihnen mein halbes Herz und alle meine liebsten Stunden dahin sind* und weiter *ADIEU Lies, bleiben Sie mir recht treu, – ich denke täglich an Sie, oft ganze Stunden in Einem Stücke, wenn ich Abends auf meinem Kanapee dusele, dann möchte ich Ihnen dieses, dann Jenes erzählen, und endlich bitterlich weinen, daß Sie nicht da sind.* Alles in Münster und Rüschhaus kommt ihr *nüchtern* vor und selbst *das einfältige Abendroth braucht gar nicht mehr durch die Eichen zu scheinen,* wenn es Elise nicht mitsehen kann.

Die beiden letzten Briefe Annette von Droste-Hülshoffs an ihre Freundin Elise kommen aus Meersburg. Eindrucksvoll schildert Annette im vorletzten Brief, an dem sie fast 14 Tage lang schreibt, weil sie täglich nur ein paar Zeilen zu Papier bringen kann, wie sie krank, elend und einsam ihre Tage in Rüschhaus verbrachte, *da war Rüschhaus gar kein liebes heimliches Winkelchen mehr!* Sie kann es nicht fassen, dass Elise nicht von ihrem schlechten Gesundheitszustand erfahren hat: *Mein Gott! wie ist doch in Münster die Trennung der Gesellschaften so groß! daß auch nicht E i n e r Ihrer Bekannten erfahren hat, wie elend krank ich gleich nach meiner Mutter Abreise geworden bin...* Ihr Neffe Heinrich bringt sie in liebevoller Fürsorge nach Bonn, wo sie zwei Wochen bleibt, sich etwas erholen kann und dann doch noch sehr krank nach Meers-

Haus Rüschhaus im Sommer 1995

burg weiterreist. In diesem Brief an Elise äußert sie auch ihre Verärgerung über Schückings Charakteristik und lässt sich kritisch über zeitgenössische Schriftsteller aus: *Lieb Lies, mein Entschluß mich von allen litterarischen Bekanntschaften (außer von Ihnen) immer mehr zurückzuziehn wird immer fester, so wie d e r niemals eine RECENSION oder kritischen Aufsatz zu lesen...* In ihrem nachweislich letzten Brief an die Freundin, den Annette am 7. August 1847 sehr krank und sehr schwach aus Meersburg schreibt und den sie vermutlich ihrer Mutter und ihrem Neffen Heinrich, die vom Bodensee nach Westfalen zurückreisen, mitgibt, sorgt sie sich, wie sie beide in Verbindung bleiben können, da sie selbst nicht mehr schreiben kann: *Daß ich gern mitunter einen Brief von Ihnen, mein altes mir immer gleich theures Herz, sähe, brauche ich nicht zu sagen, aber ein Brief auf den man vielleicht erst nach einem halben Jahre Antwort erwarten kann ist ein Opfer, – wollen Sie es mir zuweilen bringen, um unsrer Liebe willen die doch wohl stärker ist als Krankheit und Tod?* Annette schließt mit den Worten: *...ich lebe noch, und habe Sie sehr lieb.*

Die letzten Freundesbriefe gehen also an Elise Rüdiger, danach sind nur noch zwei Briefe an die Mutter von Bedeutung. Elise Rüdigers nachweislich letzte Nachricht an Annette von Droste-Hülshoff ist der Zusatz zu einem Gedicht, das ein Verehrer der Droste, Max von Bothmer, der Droste widmet und nach Meersburg schickt. In den An-Briefen der Historisch-kritischen Ausgabe ist für April/Mai 1848 ein Brief Elise Rüdigers an Annette vermerkt, über dessen Inhalt jedoch keine Aussage gemacht werden kann.

Elise Rüdiger ist, sieht man von Annettes enger Beziehung zu ihrer älteren Schwester Jenny ab, die wichtigste Vertraute in den letzten zehn Jahren im Leben der Dichterin. Schon im November 1842 charakterisiert sie Elise Rüdiger in einem Brief an Schücking: *...ja wohl ist sie seelengut! ich weiß sonst Niemanden der so durch und durch gut und mild wäre, außer etwa Schlüter, und ich glaube auch nie eine Freundinn so, ohne Schwärmerey, herzlich, und wie mein eignes Blut geliebt zu haben. – und von ihr glaube ich daß Gleiche zu empfangen, – sie freut sich an jedem meiner kleinen Triumphe dreymahl mehr als wäre es ihr selbst zu Theil geworden...* Immer wieder beteuert Annette in ihren Briefen, was ihr Elise bedeutet: *...was Sie betrifft ist mir wie ein Tropfen meines eigenen Blutes* oder *daß Sie leiden, mein kleines einziges Herz, weiß Gott, das thut mir weher als obs mir selbst geschähe.* Sprechen auch mütterliche Gefühle aus diesen Zeilen? Elise, 15 Jahre jünger als Annette, war nach Beschreibungen klein von Gestalt – das war Annette übrigens auch – und machte einen schutzbedürftigen Eindruck. Die Abmachung der beiden, an einem bestimmten Tageszeitpunkt aneinander zu denken, vermittelt doch eher den Eindruck eines schwärmerischen Zugetanseins: *Lieb Lies, wissen Sie wohl, daß Sie jeden Abend im Bette bey mir sind? – das ist meine Haupt-Elisenzeit, – wenn ich das Licht gelöscht, und die Augen halb geschlossen habe, dann wird ihr gutes Gesichtchen oft fast so deutlich wie eine Vision, und ich sage Ihnen Alles was mich den Tag bedrängt hat, – klage, schimpfe, lache – wies fällt – ein Stubenkamerad müßte mich für verrückt halten...* Spricht nicht auch aus diesen Zeilen eine große Einsamkeit und die Sehnsucht nach einem Austausch, nach einem Gegenüber? Und an anderen Stellen lässt Annette Elise wissen: *Was soll ich da Lieberes wählen als Ihnen zu schreiben* oder *gegen wen soll ich mein Herz entladen, wenn nicht gegen Sie, mein anderes Ich.* Schon Ende 1844 hatte sie aus Rüschhaus geschrieben: *So sind Sie, mein Lies, unter allen Selbstgewählten, mir als das Liebste und Letzte geblieben, und ich müßte ohne Sie gleichsam von meinem eigenen Blute zehren.* Sie beendet diesen Brief: *...ich habe Sie ungeheuer lieb, Lies, aber, kurios, je lieber Sie mir werden, je mehr schäme ich mich es Ihnen zu sagen, wenigstens schriftlich.* Auch anderen gegenüber charakterisiert Annette Elise Rüdiger als einen Menschen mit unbegrenzter Herzensgüte. Ihre Liebe sei *eine stille lebendige Herdflamme, die ihre Wärme denen zukommen läßt, die ihr wirklich nahestehen.*

Nach dem Tod Annettes am 24. Mai 1848 veröffentlicht Elise Rüdiger im „Morgenblatt für gebildete Leser“ vom 10. bis 12. Juli 1848 einen Nachruf auf ihre Freundin. In diesem, von Kritikern oft als romantisch verklärt gewerteten Text, schreibt sie am Schluss: *In der Freundschaft hat wohl selten ein weibliches Herz so viel Enthusiasmus hervorgerufen und getheilt wie das ihrige.*

Elise Rüdiger spielt auch in der Rezeptionsgeschichte Annette von Droste-Hülshoffs eine wichtige Rolle. Schon vor Annettes Tod und besonders danach gibt es zahlreiche Veröffentlichungen von ihr und ihrer Mutter Elise von Hohenhausen. Elise Rüdiger hat unter ihrem Mädchennamen Elise von Hohenhausen die meisten Artikel in den verschiedensten Blättern über die Droste veröffentlicht. Sie gibt Informationen an die Drostebiographen Hug, Kreiten und Hüffer. Sie besitzt über 30 Briefe, die Annette ihr schrieb, die sie aber nur zögerlich und nach und nach in Bruchstücken weitergibt.

In ihren Artikeln für die verschiedensten Zeitungen vergleicht sie Annette von Droste-Hülshoff mit Byron und Tennyson. Sie schreibt, in ihren Gedichten wehe *ein Shakespearesche Geist der Gestaltung, wie er bis jetzt noch keiner weiblichen Hand zu Gebote gestanden.* Elise betont weiter, dass Annette als einzige deutsche Dichterin ihrer Zeit wirklich Neues geschaffen habe. Zudem habe sie nie um die Gunst des Publikums geschrieben. Als Person schildert sie die Freundin als eine *feingliedrige Gestalt von zarter ebenmäßiger Rundung, Hände und Füße wie ein Kind.* Sie bewundert den *Reichtum an goldblondem Haar.* Ihr Gesicht habe ein *edles Oval mit einer Haut von frischer Färbung* gehabt. Ihr Mund sei *reizend gebogen* und ihre Zähne seien *regelmäßig und weiß* gewesen.

Wie anders beschreibt Elise Rüdiger ihre Freundin Annette jedoch 1868 für die „Gartenlaube“. Ob sich in dieser Beschreibung, wie an anderer Stelle interpretiert wird, lange angestaute Aggressionen lösen oder ob es sich um eine realistische Personenbeschreibung handelt, sei dahingestellt. Elise Rüdiger schreibt: *...denn diese Schwester der künftigen Frau von Laßberg war Niemand anders als die berühmte deutsche Dichterin Annette von Droste. Sie war jedoch damals noch lange nicht als solche anerkannt und galt sogar in der eigenen Familie mehr für wunderlich als bewundernswerth. Auch ihr Aeußeres trug dazu bei, ihr diese Geltung zu erhalten; neben der schönen Schwester war dasselbe nicht vortheilhaft. Die kleine zierliche Gestalt vom feinsten Knochengerüst war gebeugt und neigte zum Fettwerden. Der Kopf mit hoher Stirn war zu groß für den kleinen Körper, sogar die schönen großen Augen entstellten eigentlich ihr Gesicht, weil sie sehr hervortraten und übersichtig waren, wie man in Westphalen den Sehern des zweiten Gesichts zuschreibt. Die Nase hatte zwar einen feinen edlen Schnitt, aber doch die schiefe Richtung, die den Zügen den*

Ausdruck der Klugheit verleiht und bei dummen Leuten für häßlich gilt. Nur Mund und Zähne, Hände und Füße waren von wirklich tadelloser Form. Eine große Schönheit besaß sie aber in ihrem prachtvollen Blondhaar, das wie ein goldener Mantel, einer Lorelei wurdig, sie umwallte, wenn sie es aus den Flechten löste. Aber auch das gereichte ihr nicht zur Zierde, weil sie es nicht vorteilhaft zu tragen verstand, wie sie überhaupt kein Geschick besaß sich durch den Anzug zu verschönern. Die ernste Muse war keine heitere Grazie! Es fehlte ihr ebenso an Neigung wie an Befähigung für die große Welt.

Diese Beschreibung Annettes wird von Elise Rüdiger in mehrfachen Publikationen variiert. Zweifellos benutzt auch Elise, genau wie Levin Schücking, die Freundin auf dem Weg zu eigenem schriftstellerischen Ruhm.

Schücking schreibt 1871 an seine Schwester: *Die Frau von Hohenhausen* [unter diesem Namen veröffentlicht Elise Rüdiger] *ist von der Schreibwuth besessen und hat weiter keinen Stoff als die Droste und muß nun, um in immer neuen Artikeln auch mal Neues zu bringen, erdichten und lügen. Auf mich ist sie böse, weil ich nicht, wie sie verlangt, ihre Schmierereien in der allgemeinen Ztg. preise.* An anderer Stelle schreibt Schücking, dass der Rüdiger *alles zum Raube wird, was nur pikant.*

Hildegard von Laßberg, eine der Nichten Annettes in Meersburg, äußert sich im gleichen Jahr gegenüber Christoph Bernhard Schlüter, einem alten Freund der Dichterin: *Auch kam Frau Rüdiger, gb. von Hohenhausen, früher in Münster u. Ihnen wohlbekannt. Wir hatten sie seit unbedenklichen Zeiten nicht gesehen. Haben Sie denn ihren letzten Aufsatz über Tante Nette gelesen? ‚Die Dichterin der Haide' im ‚Salon' ein Journal was bei Payne in Leipzig herauskömmt. Er scheint mir besser als ein paar frühere, worin die Phantasie mehr Raum einnahm als die Richtigkeit u. Zuverlässigkeit ihrer Angaben.*

Elise Rüdiger

Gemälde von C. Kelpin

Elise Rüdiger und Levin Schücking wetteifern nach dem Tod der Dichterin um diese. Elise Rüdiger beansprucht für sich das kompetentere Urteil. Einmal behauptet sie dem Biographen Wilhelm Kreiten gegenüber, dass sie Briefe von Schücking besitze, in denen er sich ungehörig und unwahr über die Droste äußere. Die Nichte

Elise Rüdigers, Helene von Düring-Oetken, die 1897 von der Planung einer Briefausgabe berichtet, teilt Wilhelm Kreiten mit: *Schücking war ewig eifersüchtig auf meine Tante, sogar noch nach dem Tode der Droste, betrachtete dieselbe als seine Domäne, über die er allein nur schreiben und Aufklärung geben durfte. Aber wenn er die Droste-Briefe an meine Tante gekannt hätte!!* In der Droste-Rezeption werden Elise Rüdigers Darstellungen oft als zu gefühlsbetont und nicht wissenschaftlich gewertet. Im Gegensatz zu dem Bild, was Schücking von der Droste vermittelt, nämlich das der einsamen Jungfrau westfälischer Heide, schildert Elise Rüdiger die Freundin zunehmend als gebildete, selbstbewusste Frau, die sich bewusst für Ehelosigkeit, Schreiben und Forschung entschieden hat. Sie widerspricht so dem beliebten Bild der leidenden, einsamen Droste. Es ist bezeichnend, dass in dem Werk „Modellfall der Rezeptionsforschung“ wesentlich weniger Dokumente von Elise Rüdiger aufgeführt werden als von Schücking und Schlüter. Es hat den Anschein, als ob Elise Rüdiger mit ihren Veröffentlichungen nach dem Tod der Freundin bewusst ausgegrenzt wurde. Elise Rüdigers Arbeiten wurden bald vergessen. Auch ist es anzunehmen, dass Levin Schücking eine erste Droste-Biographie durch Elise Rüdiger verhindert hat.

Nach dem Tod ihres Mannes 1862 nimmt Elise Rüdiger wieder ihren Mädchennamen Elise von Hohenhausen an, was übrigens häufig zu Verwechslungen mit ihrer Mutter führt. Sie zieht mit ihrer Nichte Helene von Düring-Oetken 1866 nach Berlin und führt dort einen literarischen Salon. Elise Rüdiger, die zeitlebens auf Etikette achtete, veröffentlicht in Leipzig 1876 ein „Brevier der guten Gesellschaft und der guten Erziehung“.

Markus Hänsel zitiert in seinem Buch „Die Frauen der Hohenhausen“: *Ich fand in Frau von Hohenhausen eine zierliche Dame in vornehmer Haltung, die vielleicht stets mehr anmutig als schön gewesen. Sie sprach ein reines, leise ans Hannoverische anklingendes Deutsch. War sehr verbindlich, streute liebenswürdige Worte aus (...) Frau von Hohenhausen hatte den ganzen Gothaischen Kalender im Kopfe, und sie beschrieb die Hofbälle als geschickte Chronistin für die Zeitungen und gedachte auch vielfach mancher neuauftauchenden Erscheinung auf literarischem Boden. Eine fördernde, neidlose Güte lag in ihr (...). Elise von Hohenhausen wurde alt, aber sie blieb geistig rege. Konnte sie selbst nicht mehr empfangen, saß sie im grauseidenen Kleide mit weißem Blondenhäubchen im Nebenzimmer, Halbhandschuh an den Fingern, kerzengerade und sehr ehrwürdig in der Erscheinung. Und wen sie sprechen wollte, den führte ihre Nichte zu ihr. Sie erschien ganz frisch, ihr Gedächtnis war gut, und sie mühte sich, liebenswürdige Dinge zu sagen. Der Hauch des ançien regime, das ja jede Zeit aufzuweisen hat, umwehte sie aus der ihrigen.*

Elise Rüdiger, die engste Freundin Annette von Droste-Hülshoffs, stirbt am 31. Januar 1899 mit fast 87 Jahren in Berlin.

Philippa Pearsall

Du bist ein liebes Traumgesicht

PERSALS wollen seit vier Wochen täglich kommen, und ich soll dann einen wunderherrlichen CONTRA-ALT hören, (die Tochter, Philippa) hierauf bin ich anfangs sehr neugierig gewesen, aber es währt mir zu lange, ich habe mich müde gewartet. Dies schreibt Annette von Droste-Hülshoff am 22. November 1843 aus Meersburg an ihre Freundin Elise Rüdiger. Aber das Warten hat noch kein Ende.

Ende Dezember des gleichen Jahres übermittelt Philippa Pearsall Annettes Schwager, Joseph von Laßberg, die besten Wünsche für das neue Jahr. Sie hofft, *daß gutes Wetter und ein Dampfschiff uns recht bald erlauben, Ihnen unsere Aufwartung zu machen.*

Endlich, am 18. Februar 1844, ist es soweit. Die Pearsalls kommen für sieben Tage als Gäste auf die Meersburg. Jenny verzeichnet in ihrem Tagebuch gemeinsame Besuche im „Meersburger Museum", einem Lesesaal, und im Liebhabertheater im Gasthof „Zum Wilden Mann".

Wer sind diese Pearsalls, von denen die Laßbergs so viel erzählen und die Annette so sehr erwartet?

Sir Robert Lucas Pearsall of Willsbridge, studierter Jurist und Musiker, hat England aus gesundheitlichen Gründen verlassen und sich nach mehreren Stationen auf dem Kontinent ursprünglich für den Kauf des Neuen Schlosses in Meersburg interessiert. Dann entschließt er sich aber 1842, Schloss Wartensee oberhalb von Rorschach am gegenüberliegenden Schweizer Seeufer zu kaufen.

Zwischen der Familie Laßberg und Robert Lucas Pearsall sowie seinem Sohn, Robert Lucas, und seiner jüngeren Tochter Philippa (geb. am 6. Februar 1824) hat sich ein freundschaftlicher Umgang entwickelt. Im August 1843 ist Philippa erstmals auf der Alten Burg zu Gast und wird so herzlich von Annettes Schwester Jenny von

Schloss Wartensee (heutiger Zustand)

Laßberg aufgenommen, dass sie sich noch Jahre später in Dankbarkeit daran erinnert.

Annette ist gespannt auf die neuen Freunde der Laßbergs, ganz besonders auf Philippa. In der Tat, das Warten hat sich gelohnt. Und Annette, die mit zunehmendem Alter, wie sie es äußert, nicht mehr groß in neue Bekanntschaften investieren will, findet Gefallen an dem musikalisch und künstlerisch so begabten jungen Mädchen. Sie hat große Sympathie für sie. Philippa schaut bewundernd zu Annette auf und erwidert deren freundschaftliche Gefühle.

In einem Brief an Louise Schücking, die mit ihrem Mann Levin für das Frühjahr 1844 einen Meersburgbesuch plant, schwärmt die Droste schon im März von der neuen Bekanntschaft:
...ein höchst GENIALES liebenswürdiges Mädchen von 20 Jahren, in der eine tüchtige Mahlerin und GesangsCOMPONISTIN steckt, – sie entwirft ganz reizende Skizzen, sowohl im GENRE als nach der heiligen Geschichte, ist von ihrem Vater, einem ORIGINELLEN

Musick-Enthusiasten, in alle Geheimnisse des CONTRAPUNCTS eingeweiht, und singt ihre einfachen aber rührenden COMPOSITIONEN mit einer wunderbar tiefen erschütternden Stimme, – hübsch ist sie nicht, aber sehr angenehm, bescheiden und geistreich, und so frisch in allen ihren Gefühlen, daß es Einem wohlthut nur ihr Gesicht zu sehn wenn sie Etwas INTERESSIRT – Die Gelegenheit wird bestimmen, ob sie noch mahl einen bedeutenden Ruf erlangen, oder ihre Talente halb ausgebildet fürs Haus verbrauchen wird. – Es wäre Jammerschade, wenns beym Letzten bleiben müßte!

Im Brief an Elise Rüdiger vom 3. April 1844 liest sich die Beschreibung Philippas etwas anders. Dazu muss man wissen, dass Elise jede weitere Bekanntschaft oder gar Freundschaft Annette von Droste-Hülshoffs eifersüchtig beobachtet. Annette schreibt Elise: *PHILIPPA PERSAL habe ich auch kennen lernen, sie war mit ihrem Vater eine Woche hier – ist wirklich höchst INTERESSANT, obwohl häßlich, aber voll Talent, Geist und Leben, und ihre junge ORIGINELLE Kraft hat mir einen recht erfrischenden Eindruck gemacht, – aber sie ist fast ein Kind überhaubt, und gegen mich vollends, – ein Wesen daß man mit Freude betrachtet, ohne im Mindesten an einen eigentlichen Berührungspunkt zu denken, zudem wohnen sie weit von hier, – ein solcher Besuch ist allemahl für ein ganzes Jahr, – sie ist also an mir vorüber geschwebt wie die Heldin eines Romans, die lebt solange man liest, und dann ins Blaue zerrinnt.* Betont erinnert sie Elise, damit keine Eifersucht aufkommt, an *1000 Fäden gegenseitiger Treue, gleicher Ansichten, gleicher Erlebnisse,* die sie beide, Annette und Elise, verbinden.

Während ihrer ersten Begegnung mit Philippa liest Annette der jüngeren Freundin aus dem „Geistlichen Jahr“ vor. Es sind Verse, die Philippa stark beeindrucken. Annette gibt ihr sogar als Zeichen der innigen Verbundenheit die ersten Kapitel aus „Bei uns zu Lande auf dem Lande“ zum Lesen mit nach Wartensee.

Nach diesem eindrucksvollen Zusammentreffen auf der Meersburg fürchtet Annette, dass sie Philippa lange nicht wiedersieht, *obwohl Philippa Himmel und Hölle in Bewegung setzen will, denn sie scheint mir eben so ATTACHIRT als ich es ihr in der kurzen Zeit wirklich geworden bin* – schreibt sie in dem schon vorher zitierten Brief an Louise Schücking. Weiter bedauert sie, dass Philippas Vater das Neue Schloss in Meersburg nicht gekauft hat, und sie fürchtet, dass Philippa in der Abgeschiedenheit von Wartensee nicht genügend gefördert wird.

Philippa hat inzwischen den mitgegebenen Text der Droste gelesen und lobt in ihrem Brief vom April 1844 diesen *als lebhafte und amusante Beschreibung*. Gleichzeitig hofft sie auf einen Besuch Annettes in Wartensee.

Am 21. Mai 1844 reist Annette zusammen mit ihrer Mutter, Therese von Droste-Hülshoff, und dem Hauslehrer der Laßbergs nach Wartensee. Nach einer Zwischenübernachtung in Konstanz kommen sie am 22. Mai in Wartensee an und verlassen das Schloss am nächsten Tag wieder. Zum Abschied schenkt Annette Philippa das folgende Gedicht „An Philippa". Es ist auf den 24. Mai 1844 datiert. Vielleicht sollte Philippa das Gedicht erst am nächsten Morgen lesen.

An Philippa

Wartensee, den 24. May 44

Im Osten quillt das junge Licht;
Sein goldner Duft spielt auf den Wellen,
Und wie ein zartes Traumgesicht
Seh' ich ein fernes Segel schwellen.
O könnte ich, der Möwe gleich,
Umkreisen es in lust' gen Ringen!
O wäre mein der Lüfte Reich,
Mein junge lebensfrische Schwingen!

Um Dich, Philippa spielt das Licht,
Dich hat der Morgenhauch umgeben;
Du bist ein liebes Traumgesicht
Am Horizont von meinem Leben.
Seh' Deine Flagge ich so fern
Und träumerisch von Duft umflossen,
Vergessen möcht' ich dann so gern,
Daß sich mein Horizont geschlossen;

Vergessen, daß mein Abend kam,
Mein Licht verzittert Funk an Funken,
Daß Zeit mir längst die Flagge nahm,
Und mein Segel längst gesunken.
Doch können sie nicht jugendlich
Und frisch sich neben Deinen breiten,
Philippa, lieben kann ich Dich
Und segnend Deine Fahrt geleiten.

Dieses Gedicht gehört zu den Werken, die Annette Levin Schücking bei seiner Abreise am 30. Mai 1844 nach dem Besuch des Ehepaars Schücking in Meersburg zur Veröffentlichung im „Morgenblatt für gebildete Leser" mitgibt.

An einem Besuch der Laßbergs vom 1. bis 3. August desselben Jahres nimmt Annette nicht teil. Auch weitere für das Jahr geplante Besuche in Wartensee finden nicht statt. Philippa schreibt im August 1844 an Annette einen Sonntagsbrief, in dem sie die Eintönigkeit des Schweizer Landlebens beschreibt: *Das Leben in Wartensee ist – wie Sie leicht denken können – ein geistiger Hungertod, wo man in dieser Hinsicht beinahe zur schlimmen Noth gedrängt ist, in der Leute sich gezwungen finden ihr eigen Fleisch und Blut zu freßen. Deßwegen bin ich dankbar wenn Jemand unserem Vorrathe einen Beitrag bringt und es mit ein wenig Abwechslung würzt. (...) Wir auf dem Berge – schlafen und eßen und trinken und dann – schläft, ißt und trinkt wiederum Jedermann.*

Philippa hofft, Annette von Droste-Hülshoff noch vor deren Abreise nach Westfalen zu sehen. Ihrem Brief fügt sie die *Nachahmung eines Schweitzerliedes* bei. *Wörter und Musik sind mir vor ein paar Tagen eingefallen und Sie müßen es annehmen wie Eheleute sich nehmen – nemlich mit allen Fehlern und Unvollkommenheiten und mit Nachsicht.* Annette schreibt Philippa zurück und es zeigt sich in diesem Brief, dass sie ihre Empfindungen für die junge Freundin in ihrem Brief an Elise deutlich herunterspielt. *Es thut mir recht im Herzen weh, Ihretwegen, meine Philippa, denn ich fürchte immer,*

Philippa Pearsalls „Schweitzerlied“

Sie verlassen Wartensee, und ich werde im nächsten Jahre nur leere Wände finden oder, was noch schlimmer ist, fremde Gesichter, denen ich es gar nicht gönne, an einem Orte zu sein, der mir durch Sie so lieb geworden ist. Und weiter schreibt sie: *Werden Sie meiner auch immer gedenken, Philippa? auch wenn wir auf längere Zeit getrennt würden? – Ich weiß, daß ich Sie nie vergessen, Ihnen immer schreiben, und wenn Sie nur gar nicht zu weit von meinem Wege verschlagen werden (etwa nach Wien, London usw.), Sie auch immer aufsuchen und ein paar Tagereisen nicht achten werde. – Ihre Liebe ist mir ein frischer, wohlthätiger Strahl in meinem abnehmenden Leben; bewahren Sie mir dieselbe so getreulich, wie ich Ihnen die meinige bewahren werde, so kann es nicht fehlen, daß ein fester Wille von beiden Seiten uns auch wieder zusammenführt.*

Annette beklagt die vielen Abschiedsbesuche, die sie vor ihrer Abreise ins Münsterland machen muss, und sie will versuchen, Schloss Wartensee wenigstens oben vom Fürstenhäuschen aus, das sie gerade erworben hat, zu erspähen. Dieses erscheint bei ihrer Kurzsichtigkeit und auch unter Zuhilfenahme des von Schücking geschenkten Fernrohrs als eher unwahrscheinlich und ist wohl

Das „Fürstenhäuschen“

mehr als eine liebevolle Hinwendung zu verstehen. Aber immerhin hatte Philippa Pearsall ihr geschrieben, dass ihre *neue Besitzung bei den Meersburger Rebhügeln* seit dem frischen Anstrich sehr deutlich durch das Fernrohr von Wartensee aus zu sehen sei.

Annette verspricht, den Kontakt zur Freundin über die Entfernung zu halten. Sie will Briefe für Philippa in die Briefe an die Schwester einlegen, Autographen und Stahlstiche versenden und sogar eine Daguerreotypie, falls diese Annette ähnlich werde. Ein Tableau, das sie gerade für Philippa anfertige, sei wegen der schlechten Augen noch nicht vollendet, *...ich wollte so gern mein kleines TABLEAU für Sie zuvor fertig machen und in einem netten Rähmchen mitschicken, aber ‚es thut nicht' wie die Schweizer sagen...* Auch dankt Annette in diesem längeren Brief Philippa für Zeichnung, Gedicht und Komposition, lobt deren Talent der *Musick, Mahlerei und Poesie* und gibt als die Ältere ihre Lebenserfahrungen weiter. Wie gerne würde sie mehr für Philippa tun! *...ich habe Sie so sehr lieb, da möchte ich an Ihrem Glücke nachschieben, so gut ich es vermöchte.* Annette träumt davon, dass die Pearsalls auf die badische Seite nach Meersburg ziehen und beide Freundinnen als gute Nachbarinnen zusammen dichten, zeichnen und musizieren können: *Da würde in meinen Alten Tagen noch etwas Ordentliches aus mir, aus bloßem Ehrgeiz, um nicht ganz dahinten zu bleiben.*

So sehr vermisst sie jemanden zum Wetteifern, zum geistigen Austausch! In Meersburg, so wohl sie sich auch dort fühlt und so sehr sie den Ort für Philippa zum Leben anpreist *(Sie würden Sich auch hier ganz wohl fühlen, und ich kann mir nicht denken, daß irgend ein Ort gleicher Größe auf der Schweitzerseite gleiche Ressourcen bieten sollte.),* hat sie niemanden, der wirklich Anteil an ihren Arbeiten nimmt. *Es geht mir wie Ihnen, Philippa, ich habe Niemanden, der mich zum Wetteifer anregt; doch ich irre mich, Sie haben ja die Compositionen Ihres lieben Vaters zur Nacheiferung, aber ich habe Niemanden, der sich so recht für meine Arbeiten interessirt, wenigstens Keinen, der sie mit mir treibt, denn Laßberg arbeitet in einer andern Richtung, und meine Schwester, seit ihr Haus und Kinder zu schaffen machen, gar nicht mehr.*

Sie schließt den Brief, dem sie auch Geschenke beifügt, mit den Worten: *Gott segne Sie, meine theure junge Freundin, denken Sie viel an mich, ich werde sehr viel an Sie denken, und eine Liebe ist doch der andern werth; adieu.*

Annette von Droste-Hülshoff am Fenster der Meersburg
Zeichnung ihrer Schwester Jenny, 1846

Wichtiger noch als Brief und Geschenke, die Annette Philippas Vater, der gerade auf der Meersburg weilt, mitgibt, ist für Philippa das zweite Widmungsgedicht, das Annette in den Brief, den sie über zwei Tage schreibt, einfügt. Einleitend zum Gedicht schreibt sie: *Gute Nacht, Philippa, gute Nacht, mein theures Kind, und zur guten Nacht noch einige Zeilen, die mir heute früh in den Sinn kamen, als Ihr lieber Vater hieher kam und nur meine Philippa nicht mitbrachte.*

‹ So muß ich in die Ferne rufen ›

So muß ich in die Ferne rufen
Mein Lebewohl an diesem Tag?
Was uns die Stunden gütig schufen,
Zerrint es wie der Wellenschlag?
Bleibt mir, für wenig kurze Stunden,
Nur noch der Trost, vom Felsgestein
Zu spähn, ob ich dein Dach gefunden,
Am grauen Thurm dein Fensterlein?

Ich kann und mag es nimmer denken,
Dies sei vielleicht zum letzten Mal,
Bleibst du, wenn meine Schritte lenken
Sich nieder in mein heimisch Thal?
Doch, mögen Berg' und fremde Fluren
Uns trennen, nord- und südenwärts,
Glaub' mir, ich folge deinen Spuren
Und bringe Dir ein treues Herz.

Philippa dankt der Droste im Brief vom September 1844: *Wie kann ich Ihnen für so viel Liebe und Güte danken wahrlich ich finde keine Worte...* und weiter: *Wie schön und rührend ist doch Alles was von Ihrer Feder kömmt – so einfach und innig daß es geraden Weges zum Herzen geht. Was Sie mir geschrieben haben werde ich ewig aufbewahren.*

Annette reist erst am 23. September 1844 mir ihrer Mutter zurück in ihre Heimat. Die Kontakte bleiben bestehen. Sie legt ihrem Brief an die Schwester vom 4. Januar 1845, wie versprochen, einen Brief für Philippa bei. Ende März/Anfang April 1845 besuchen Philippa und ihr Vater wieder Meersburg. Über Jenny erfährt Annette im Mai: *Von PHILIPPA habe ich vor 14 Tagen einen Brief aus Augsburg bekommen, sie ist sehr glücklich bei ihrem Mahler, arbeitet den ganzen Tag bei ihm, hat ein hübsches Logis mit Gärtchen, das sie sich neu anlegen wollte, und hoft so endlich ihren langgehegten Wunsch eine Mahlerin zu werden zu erreichen...* Ansonsten weiß Jenny über die Pearsalls nichts Schönes zu berichten. Der Bruder Philippas hat wohl eine nicht standesgemäße Liebschaft in Ungarn. Darüber ist der Vater Robert sehr betrübt und er beabsichtigt, die „Spiegeley" auf der Meersburg zu beziehen, um seinem Freund Laßberg näher zu sein. Jenny berichtet bereits von der Renovierung der Räume, hofft aber darauf, dass Annette oder ihre Mutter später einmal Bewohnerinnen dieser Räume sein werden, was ja auch, zumindest was Annette betrifft, der Fall sein wird.

Das Arbeitszimmer von Annette von Droste-Hülshoff
auf der Meersburg, ihre „Spiegeley"

Im Juni 1846 legt Annette in einem Paket nach Meersburg auch Gedichte für Philippa bei. Die versprochene Daguerreotypie erhält Philippa nicht, dafür eine Ausschneidearbeit, Münzen und Autographen. Jenny berichtet Annette regelmäßig über Philippa. So lässt sie sie im September 1846 wissen: *...jetzt ist die gute PHILIPPA seit dem 15ten bei uns, sie zeichnet den ganzen Tag die Kinder, Madame FLINK, und was ihr sonst in den Weg kommt, wir haben sie lieber als je, sie ist katholisch geworden in ihrer Krankheit, von der sie sich jetzt bei uns erholen soll, ich hoffe du triffst sie noch hier.* Philippa war während einer Erkrankung an Nervenfieber zum Katholizismus übergetreten.

Das letzte Wiedersehen der beiden Freundinnen findet im Oktober oder vielleicht erst im November 1846 statt. Als Annette bei ihrem letzten Besuch am Bodensee in Meersburg ankommt, ist sie sehr krank und kaum ansprechbar. Während die Historisch-kritische Ausgabe den Oktober 1846 als ein letztes Wiedersehen zwischen Annette und Philippa vermerkt, verzeichnet Walter Gödden für November 1846 einen weiteren Besuch der Pearsalls auf der Burg.

In einem vermutlich verloren gegangenen Brief vom Frühjahr 1847 schickt Annette Münzen und Autographen an Philippa. Auch berichtet sie Philippa über ihre eigene Gesundheit und die ihrer Familie.

Philippa schreibt Annette im März 1847 aus Augsburg und bedankt sich für die Münzen. In diesem Brief erinnert sie an die herzliche Zuwendung Jennys, als sie 1843 zum ersten Male zu Gast auf der Meersburg war. Damals hatte ihre Mutter ihre Familie verlassen und sie war mit Vater und Bruder in die Schweiz gezogen. *Als mich mein Vater zum ersten Male nach Meersburg führte war ich in einer betrübten Stimmung, ich fühlte mich verlassen und verwaißt wie ich's nicht beschreiben kann; denn erst sechs Wochen vorher war meine Mutter weggereißt – ich hatte schon damals wenig Hoffnung ihrer Wiederkehr – meine Mutter von der ich nie in meinem Leben auf mehr denn Tage lang getrennt worden! Ich hatte die Zeit über voll Kummer verlebt und zwar ohne viel Trost, denn meine Begriffe in religiöser Hinsicht waren sehr verworren. Ich war scheu geworden und erwartete von der ganzen Welt nichts mehr; da wirkte, die herzliche Aufnahme die mir im alten Schloß zu Theil ward, das gefühlvolle im Benehmen Ihrer Schwester – daß so mächtig ein Leid wenn auch ein unbekanntes zu lindern vermag, – wie Sonne auf Eis.*

Philippa freut sich über die gesundheitliche Besserung Annettes, schildert den eigenen Gesundheitszustand als passabel, glaubt aber, dass sie wegen der vielen Studien im Sommer nicht nach Meersburg kommen kann. Sie dankt für die Münzen (Jenny berichtet an anderer Stelle, welche Mühe sich Annette beim Säubern der Münzen machte). Gern hätte Philippa als Erinnerung an Annette einige der Geistlichen Lieder: *Als Andenken von Ihnen mögte ich nichts so gerne besitzen als einige der Lieder, die mich so rührten, deßen Wahrheit und Ernst mich so erfreuten, deßen Inhalt das eigentliche Feld ist auf welchem ich haben mögte daß Sie immer arbeiteten – ich meine Ihre Geistlichen Lieder. Wie gerne wenn ich bei Ihnen wäre wollte ich helfen abschreiben für Ihnen – aber nicht war dann auch für mich. Vielleicht geht dieser Wunsch in Erfüllung.*

Die junge Freundin teilt Annette in diesem längeren Brief auch mit, dass sie sich vom Wunsch ihres Vaters, ein Kirchenfenster in seiner englischen Heimat zu gestalten, überfordert fühlt. Philippa wünscht sich selbst, einmal in ihrem Leben so *dastehen zu können daß ich Niemand zu Last falle.* Dieses berichtet sie Annette in ihrem vermutlich letzten Brief.

Jenny bleibt mit Philippa brieflich verbunden. Ihre gemeinsame Liebe zu Blumen ist sicher auch Thema ihres Gedankenaustauschs. Noch am 12. Mai 1848, kurz vor dem Tod Annettes am 24. Mai 1848, schreibt Jenny Philippa und bleibt ihr auch weiterhin verbunden: *Am 5. Juni traf ein Brief von Philippa ein.* Oder am 8. Februar 1849: *Brief von Philippa, der mir viel Freude machte.*

Scheiwiller wertet in seinem Buch „Annette von Droste-Hülshoff in der Schweiz“ die Freundschaft zwischen Annette und Philippa folgendermaßen: „Gegen den Abend ihres Lebens sollte es ihr vergönnt sein, auf Schweizerboden zu finden, was sie während des Aufenthalts so schmerzlich vermißt – eine treue Freundesseele, *ein liebes Traumgesicht am Horizont von meinem Leben.*“

Robert Lucas Pearsall stirbt am 5. August 1856. Er war ein hervorragender Musikkenner und Komponist, dessen musikalischer Nachlass heute in der Londoner Nationalbibliothek aufbewahrt wird. Sein Sohn Robert kann Schloss Wartensee nicht halten. Philippa heiratet am 17. September 1857 den Rechtsanwalt John Hughes. Sie kehrt 1858 nach London zurück und stirbt am 7. Februar 1917, einen Tag nach ihrem 93. Geburtstag.

In ihrem Autographenalbum befindet sich ein längerer Eintrag: *Annette, Freiin von Droste-Hülshoff, für die größte Dichterin Deutschlands gehalten, Tochter des Freiherrn Werner* [der Vater hieß Clemens August] *von Droste-Hülshoff und seiner Gemahlin, Freiin von Haxthausen, einer Schwester des berühmten Reisenden und Schriftstellers August Freiherr von Haxthausen. Geboren 1797 auf dem Familiensitze Hülshoff bei Münster in Westfalen, gestorben den 24. Mai 1848, begraben in Meersburg. Eine höchst talentierte und begabte Frau und hochgeschätzt als Schriftstellerin von Balladen und poetischen Erzählungen. Sie verfügte über eine Stimme von außerordentlichem Umfang und Wohlklang, oft verglichen mit derjenigen Catalinis, die glänzend ausgebildet worden war in der italienischen Sängerschule. Sie war nicht bloß eine brillante Pianistin, sondern hatte auch Harmonielehre und Kontrapunkt studiert und eine Oper geschrieben und ungezählte Lieder. Ihr liebenswürdiges, gütiges Wesen steht in bester Erinnerung bei allen, die sich des Vorrechtes ihrer Freundschaft erfreuten. Ihre Gedichte erlebten vier Auflagen 1844 – 77, und Letzte Gaben erschienen in zweiter Auflage 1871, ihr nachgelassenes Geistliches Jahr in dritter Auflage 1876, Gesammelte Schriften in drei Bänden erschienen 1878 und Briefe in zweiter Auflage 1880. Ihre Biographie wurde geschrieben von Marie Schücking 1878 bis 97.* [richtig: Levin Schücking, Lebensbild 1862]

Im Nachlass von Philippa Pearsall befinden sich die Gedichtausgabe von 1844 und das Geistliche Jahr, letzteres ein Geschenk von Jenny. In der Gedichtausgabe findet man laut Scheiwiller „eine mit Seidenband umwickelte Karte mit schön aufgerollten Haaren mit der Aufschrift von Philippas Hand *Annette Freiin von Droste-Hülshoff*". Der Nachlass Annette von Droste-Hülshoffs enthält Noten von Philippa Pearsall.

Nachwort

Am 4. und 5. September 1843 schreibt Annette von Droste-Hülshoff im Rüschhaus einen langen Brief an ihre engste Vertraute, an Elise Rüdiger. Die Dichterin ist 46 Jahre alt, denkt über das Altern und das Alter nach, über Nachlassen des Enthusiasmus, über die vielleicht ungerechtfertigte Forderung, der ältere Mensch solle ruhig und abgeklärt sein.

Wie machen es doch Manche, trotz aller Jahre und Täuschungen (...) so frisch zu bleiben? – so voll Streben, Unruhe, Freude am kleinen, Erfolgen? – im Grunde sind sie doch zu beneiden, und wir thun Unrecht, an Aelteren unangenehm zu finden, was uns doch an der Jugend rührt und freut, – Geistesfrische sollten wir in jeder Gestalt ehren, und wollen sie doch durchaus nach den Jahren MODIFICIRT haben – die Jugend soll ihr Feuer nach Außen sprühn, das Alter es nach Innen wärmen und leuchten lassen, – die Jugend streben, das Alter das Erstrebte grün und lebendig umranken. – Ob diese Forderungen gerecht sind? – Manche haben im Alter noch so blutwenig gefunden (oder behalten können) daß die Gabe, mit immer neuer Freude und Sehnsucht zu suchen, nur eine Billigkeit des Schicksals ist, die wir ihnen gern gönnen, und sie eher darum bewundern sollten.

Die Zeit der kecken, trotzigen, zuweilen arroganten Droste ist lange vorbei, die Jahre der Müdigkeit, Resignation und Krankheit stehen noch bevor. An äußeren, spektakulären Ereignissen fehlt es im Leben der Dichterin: keine großen Reisen, keine Abenteuer, keine Skandale – sehen wir einmal von der kurzen Liebesverwirrung der jungen Annette ab. Aber wie sprühend ihr Geist ist, wie frisch ihre Phantasie, wie aufregend ihr „Innen", lässt sich aus ihren Werken und ihren Briefen herauslesen. Es ist mehr als bedauerlich, dass die Droste-Forschung davon ausgehen muss, dass sich nur ca. zehn Prozent der Korrespondenz erhalten haben. Somit ist unser Droste-Bild ein unvollständiges. Dennoch können wir den erhaltenen und überlieferten Briefen entnehmen, dass die lange Jahre tradierte Vorstellung von der stillen, katholischen Landadligen, von der Leidenden, früh Resignierten, Vereinsamten so nicht zu halten ist.

Annette von Droste-Hülshoff als Briefschreiberin kann sehr witzig, ironisch, oft bissig sein. Bei Korrespondenzpartnern, denen sie vertraut, etwa ihren Freundinnen, nimmt sie kein Blatt vor den Mund. Dass sie aus Vorsicht, Sorge um ihren guten Ruf und Furcht vor der Verständnislosigkeit einiger Familienmitglieder oft darum bittet, die Briefe zu verstecken oder zu vernichten, ist ihrem Stand und der Zeit, in der sie lebt, geschuldet. Auch bei den äußerlich ruhigen, oft unbeweglich erscheinenden Lebensumständen ist die Droste höchst lebendig – und nicht immer einsam. Während ihres ganzen Lebens wird sie begleitet von Freundinnen, die Frauenfreundschaften gehören zu ihr und haben sie auch geprägt.

Nach dem Tod der Dichterin verfasst Elise Rüdiger eine biographische Skizze, in der es heißt: *Ihr Wesen war lebhaft, neckisch, geistblitzend, aber zurückhaltend. Gegen die Huldigungen der Männer bezeigte sie sich fast undinenhaft kalt; vor muthmaßlichen Freiern hatte sie einen wahren Abscheu. Ihre Mutter, eine schöne stolze Frau aus dem originellen Geschlecht der Freiherren von Haxthausen, bestärkte sie in dieser Richtung.* (...) *Desto größer war ihre Begabung für die Freundschaft; sie weihte dem Kultus derselben die schönsten Gedichte, die jemals diesem Gegenstande gewidmet wurden. Es weht ein Enthusiasmus des Herzens darin, der an die Lehre des Cicero vom amor amicitiae erinnern kann.*

Annette von Droste-Hülshoff hat vieles, sehr Unterschiedliches von ihren Freundinnen empfangen, aber sie hat auch reich gegeben und im Leben einiger Frauen einen wichtigen Platz eingenommen. In dem Septemberbrief an Elise zieht die Dichterin auch ein Resümee, was ihre Freundinnen betrifft: *Was ist aus meinen Jugendfreundinnen geworden! – die Eine Hälfte ist ganz im Haus, Wirthschaft, Mann und Kindern, aufgegangen, – die Andre jetzt grämliche alte Jungfern, an denen weder Götter noch Menschen Freude haben können, und in denen nicht mehr Poesie ist wie in einer getrockneten Pflaume. – Es ist doch gut wenn man die Leute nicht zu früh kennen lernt! das Verbleichen des, sowohl körperlichen wie geistigen, Jugendduftes ist gar zu schmerzlich mit zu erleben, und am Ende wüßte man doch mit den jungen Dingern nichts anzufangen, wenn sie wieder so neben Einem ständen, und wäre weit entfernt sich mit ihnen zu LIIREN, – Euch Drey die ich noch habe – Sie, mein Bestes und Liebstes, – Adele, und Male Hassenpflug – habe ich, Gottlob, in einer Reife kennen gelernt, die lange Jahre vorhalten kann, – hoffentlich für immer...*

Zu diesem Zeitpunkt, 1843, ist die erste schwärmerisch verehrte Freundin, Catharina Schücking, seit zwölf Jahren tot, die spannungsgeladene Beziehung zu Sibylle Mertens-Schaaffhausen ist, trotz aller Bemühungen, nicht zu retten gewesen, und die letzte Frau, die das Herz der Droste erwärmen wird, die junge Philippa Pearsall, hat sie noch nicht getroffen. Keine der Freundinnen kann die Dichterin regelmäßig sehen, oft liegen mehr als zehn Jahre zwischen den Begegnungen. Manchmal zerschlagen sich auch Pläne, einander zu besuchen, sich endlich wiederzusehen. Die Vorhaben scheitern, nicht selten am Widerstand der Familie, wie die Droste in einem Brief an Elise Rüdiger im Juni 1840 beklagt:

...so ist mir der Sommer und Herbst, wenn auch einerseits durch das Wiedersehn meiner Nächsten erfreulich, doch in Beziehung auf meine Freunde sehr gestört, und das ist mir immer ein arger Kummer, da die Verwandten uns nahe bleiben, und wohnen sie hundert Meilen weit, weil wir sie jederzeit aufsuchen können, – das findet Jeder natürlich und ANIMIRT uns dazu, dagegen bedarf es bey Freunden gleichen Geschlechts dringender Gründe und bey Denen eines andern giebt es gar keine, – so kann eine Trennung von zehn Meilen leicht eine lebenslängliche werden, und wird in der Regel eine jahrelange...

Uneingeschränkt möglich war dagegen das Schreiben; in Briefen konnte man sich ebenso offen geben wie bei einer persönlichen

Begegnung. Auch wenn vor allem bei Amalie Hassenpflug und auch bei Adele Schopenhauer sich nur Bruchstücke der Korrespondenz erhalten haben, lässt sich aus den Bemerkungen der Droste in Briefen an Dritte die Lebhaftigkeit des Briefwechsels erahnen.

Die sechs in diesem Band vorgestellten Freundinnen sind von Temperament und Charakter unterschiedlich, haben aber auch viele Gemeinsamkeiten. Alle Frauen sind künstlerisch tätig oder zumindest sehr interessiert. Einige kennen sich, einige sind sich flüchtig begegnet oder lesen voneinander in den Briefen Annettes.

Catharina Busch, verheiratete Schücking, ist der Droste als Dichterin verehrungswürdig und ein Vorbild. Amalie Hassenpflug schreibt u.a. eine Biographie über eine verstorbene Freundin. Sibylle Mertens-Schaaffhausen ist hochmusikalisch, spielt ausgezeichnet Klavier; die gemeinsame Sammelleidenschaft für Gemmen, antike Münzen etc. verbindet die Droste besonders mit der wohlhabenden Rheinländerin. In Adele Schopenhauer, die spät auch noch Märchen und Romane schreibt, findet die Droste eine äußerst gewissenhafte Kritikerin ihrer Werke. Auch Elise Rüdiger verfasst und publiziert ihre Erzählungen in Kultur- und Literaturzeitschriften, zudem steht sie in Münster einem literarischen Salon vor. Und die junge Engländerin Philippa Pearsall komponiert und ist eine begabte Malerin.

Mit sechzehn entflammt die Droste in Bewunderung für die sechs Jahre ältere Catharina Busch, für ein junges Mädchen ist dieser Altersunterschied enorm. Sie empfindet fast Ehrfurcht und wagt nicht, ihre Zuneigung zu gestehen. Zur nahezu gleichaltrigen Amalie Hassenpflug, die sie 1818 kennen lernt, deren Freundschaft aber 1837/38 ihren Höhepunkt erlebt, hat Annette ein sehr enges emotionales Verhältnis. Da fast die gesamte Korrespondenz auf Bitten der Droste vernichtet ist, lässt sich über eine mögliche erotische Komponente nur spekulieren.

Sibylle Mertens-Schaaffhausen und Adele Schopenhauer, beide wie die Droste Jahrgang 1797, bilden bei den Aufenthalten der

Dichterin in Bonn und Köln mit ihr eine Dreiecksbeziehung, was zu etlichen Verwerfungen führt. Fasziniert von der schillernden Gesellschaftsdame Mertens-Schaaffhausen, beglückt durch gleiche Interessen, helfend in Notsituationen, jedoch als Dichterin von der Freundin nicht gewürdigt, ist die Beziehung der Droste zu Sibylle von Anfang an gefährdet. Zunächst stürzt sie sich geradezu in diese Freundschaft, vielleicht weil Sibylle so anders ist und lebt als sie. Aber das heftige Temperament Sibylle Mertens-Schaaffhausens, ihre vielen gesellschaftlichen Verpflichtungen lassen keine innige, warme Freundschaft entstehen, obwohl sich die Droste mit Sibylle duzt, was sie nicht allen Freundinnen zugesteht. Adele Schopenhauer, Sibylles intimste Freundin, empfindet Annette zunächst als große Störung; die ersten Begegnungen verlaufen unglücklich. Aber mit der Zeit schließen sich die Frauen, die als unverheiratete Töchter einer starken Mutter ein ähnliches Schicksal teilen, eng aneinander an. Die intellektuelle Adele hat in ihrem Engagement für die Werke der Droste am meisten von allen Freundinnen für die Dichterin getan.

Elise Rüdiger, fünfzehn Jahre jünger als die Droste, lernt die Dichterin 1837 kennen. Elise führt einen literarischen, etwas dilettantischen Salon in Münster, in dem die Droste häufig zu Gast ist. Mit vierzig Jahren erhält Annette von Droste-Hülshoff durch Elise noch einmal die Chance, die Enge des Rüschhauses zu überwinden. Die beiden Frauen tauschen sich in literarischen Fragen aus; die kurze Beziehung der verheirateten Elise zu Levin Schücking, bei deren Beendigung die Droste helfend und vermittelnd eingreift, stellt ein weiteres Bindeglied dar. In den Briefen an Elise werden der Ton und die Kosenamen immer zärtlicher, obwohl die Dichterin nicht zum vertraulichen Du übergeht. Elise ist in den letzten zehn Lebensjahren der Droste deren wichtigste Verbindung zur Außenwelt. Noch 1846 – kurz vor der Abreise der Dichterin nach Meersburg – besucht die Freundin die kranke Droste im Rüschhaus.

Auf der Meersburg beschert dann eine junge begabte Engländerin, Philippa Pearsall, der Droste noch einmal warme, liebevolle

Gefühle. Mütterlich sorgt sich Annette von Droste-Hülshoff um Philippa, die siebenundzwanzig Jahre jünger ist als sie, freundlich lobt sie ihre Talente und erfreut sich an ihr.

Nicht nur in den Briefen haben die Freundschaften ihren Niederschlag gefunden, allen Freundinnen – mit Ausnahme Adele Schopenhauers – hat die Droste Gedichte gewidmet. Aber wer weiß, ob in der verschollenen Korrespondenz nicht auch noch Verse an Adele vorhanden sind? Annette fand bei ihren Freundinnen Verständnis, sie konnte in ihren Briefen auch klagen. Und die Dichterin war ihren Vertrauten gegenüber großzügig, hat oft und schnell verziehen, so manche Torheit lächelnd akzeptiert. Für ihre Stellung und ihre Zeit ist es ein Zeichen von großer Toleranz, dass sie sich nicht nur am Protestantismus Amalie Hassenpflugs oder Elise Rüdigers nicht stieß, sondern auch alle Bekehrungsversuche Dritter vehement ablehnte.

Bei ihrem starken Eingebundensein in den großen Familienkreis, bei den Beschränkungen, die ihr durch ihren Stand, ihre Zeit, ihre Kränklichkeit, ihre konservative Umgebung auferlegt waren, haben die Freundinnen im schriftlichen und mündlichen Gespräch den Lebensradius der Dichterin erweitert, belebend, anregend gewirkt – jede auf ihre Weise. Und Annette von Droste-Hülshoff hat sie – auch dafür – geliebt.

Bildnachweis

Brüder Grimm-Museum e.V.: Seite 27
Westfälisches Amt für Denkmalpflege: Titelbild, Seiten 9, 65, 79, 105, 112, 123
Archiv Burg Meersburg: Seiten 98, 121, 125
Monika Ditz: Rückseite, Seiten 31, 43, 116
Arnold E. Maurer: Seite 85
Dieter Rensing: Seite 17
Heidi Schulte: Seite 107
Privatbesitz: Seiten 6, 11, 39, 45, 47, 49, 66, 77, 82, 88, 91, 120

Die Autorinnen danken Frau Heidi Schulte vom Turm-Verlag für die ausgezeichnete Zusammenarbeit.

Bibliographie

Werke und Briefe Annette von Droste-Hülshoffs wurden nach der Historisch-kritischen Droste-Ausgabe, hrsg. von Winfried Woesler, Tübingen 1978 – 2000, zitiert.

Benutzte Literatur

Amrain, Susanne: „Veilchen suchen im Oktober". Das Leben der Katharina Busch-Schücking. – In: Literatur in Westfalen 4. 1998. S. 31 – 45

Berglar, Peter: Annette von Droste-Hülshoff in Selbstzeugnissen und Bilddokumenten. Reinbek bei Hamburg 1967

Broer, Werner: Neues zu Levin Schücking, Katharina Busch und Louise von Gall. – In: Grabbe-Jahrbuch 16. Detmold 1997. S. 226 – 228

Büch, Gabriele: Alles Leben ist Traum. Adele Schopenhauer. Eine Biographie. Berlin 2002

Desel, Jutta / Gödden, Walter (Hg.): Katharina Busch-Schücking, Werke und Briefe. Bielefeld 2005

Ferchl, Irene: Annette von Droste-Hülshoff am Bodensee. „Die zweite Hälfte meiner Heimat...". Ein literarischer Reiseführer. Tübingen 1998

[Festschrift]: Zum 200. Geburtstag der „Rheingräfin" Sibylle Mertens-Schaaffhausen (1797 – 1857) und ihrer Freundin Adele Schopenhauer (1797 – 1849). Unkel 1997

Freund, Winfried: Annette von Droste-Hülshoff. München 1998

Gödden, Walter: Die andere Annette. Annette von Droste-Hülshoff als Briefschreiberin. Paderborn/München/Wien/Zürich 1991

Gödden, Walter: Ein neues Kapitel der Droste-Biographie. Die Freundschaft der Droste mit Anna von Haxthausen und Amalie Hassenpflug in ihrem biographischen und psychologischen Kontext anhand neuen Quellenmaterials. – In: Droste-Jahrbuch 1. Im Auftrag der Annette von Droste-Gesellschaft hrsg. von Clemens Heselhaus und Winfried Woesler. Münster 1986. S. 157 – 172

Gödden, Walter: Stationen der Droste-Biographie. – In: Droste-Jahrbuch 2. Im Auftrag der Droste-Gesellschaft hrsg. von Winfried Woesler. Paderborn 1990. S. 118 – 153

Gödden, Walter: Tag für Tag im Leben der Annette von Droste-Hülshoff. Daten – Texte – Dokumente. Paderborn / München / Wien / Zürich 1996

Gödden, Walter / Grywatsch, Jochen: Annette von Droste-Hülshoff am Bodensee. Ein Reiseführer zu den Droste-Stätten in Meersburg und Umgebung. Meersburg 1998

Grigo-Wahle, Irmela: Die Droste am Rhein. – In: Godesberger Heimatblätter. Heft 12. Jahresheft des Vereins für Heimatpflege und Heimatgeschichte Bad Godesberg. Bad Godesberg 1974. S. 61 – 78

Grisebach, Agnes-Marie: Frauen im Korsett. Zwei ledige Bürgertöchter im 19. Jahrhundert. Stuttgart 1995

Grywatsch, Jochen (Hg.): Droste-Bibliographie 1981 – 2003. Unter Mitarbeit von Michael Aust. Bielefeld 2005

Hänsel, Markus: Elise von Hohenhausen (1789 – 1857). Übersetzerin, Dichterin und Mutter. Ein Lebensbild im Biedermeier. Frankfurt am Main/Bern/Cirencester (U.K.) 1984

Heinen, Elmar: Die Rheingräfin Sibylle Mertens-Schaaffhausen. – In: Godesberger Heimatblätter. Heft 35. Jahresheft des Vereins für Heimatpflege und Heimatgeschichte Bad Godesberg. Bad Godesberg 1997. S. 47 – 63

Heselhaus, Clemens: Annette von Droste-Hülshoff. Werk und Leben. Düsseldorf 1971

Heselhaus, Clemens: Das literarische Gewissen der Droste. Adele Schopenhauer als Freundin und Kritikerin der westfälischen Dichterin von 1837 bis 1842. – In: Auf Roter Erde. Monatsblätter für Landeskunde und Volkstum Westfalens. Nr. 152. Januar 1972. S. 1

Houben, H. H. (Hg.): Adele Schopenhauer. Tagebuch einer Einsamen. München 1985

Houben, H. H. (Hg.): Ottilie von Goethe. Erlebnisse und Geständnisse. 1832 – 1857. Leipzig 1923

Houben, H. H.: Die Rheingräfin. Das Leben der Kölnerin Sibylle Mertens-Schaaffhausen. Dargestellt nach ihren Tagebüchern und Briefen. Mit einem Nachwort auf H. H. Houben von Hanns Martin Elster. Essen 1935

Körschner, Dieter: Zur Geschichte der Wilhelmstraße in Bonn. – In: 150 Jahre Landgericht Bonn. Festschrift. Hrsg. vom Präsidenten des Landgerichts Dr. Heinz Faßbender. Bonn 2000. S. 265 – 313

Krewerth, Rainer A. (Hg.): Annette von Droste-Hülshoff 1797 – 1848. Wie sie lebte. Wie sie war. Was sie schrieb. Münster 1990

Kurtzweil, Elisabeth: Ach, Annette ... – In: Emma, Heft 5. Mai 1992. S. 57 – 59

Lütkehaus, Ludger (Hg.): Die Schopenhauers. Der Familien-Briefwechsel von Adele, Arthur, Heinrich Floris und Johanna Schopenhauer. Zürich 1991

Maurer, Doris: Annette von Droste-Hülshoff. Biographie. Meersburg 5. Auflage 2004

Mende, Fritz: Die Droste und Weimar. – In: Droste-Jahrbuch 3. 1991 – 1996. Im Auftrag der Annette von Droste-Gesellschaft hrsg. von Winfried Woesler. Paderborn 1997. S. 212 – 228

Merkel, Christiane: Das bürgerliche Ideal bei Adele Schopenhauer. Versuch einer literatursoziologischen Analyse (Magisterarbeit). Karlsruhe 1991

Naumann, Ursula (Hg.): „Mein lieb lieb Lies!“ Die Briefe der Annette von Droste-Hülshoff an Elise Rüdiger. Frankfurt/Berlin 1992

Niethammer, Ortrun: Damen, Waschweiber und Vogelscheuchen – zur frühen Frauenliteratur in Westfalen. – In: Literatur in Westfalen. Jg.1. Paderborn 1992. S. 131 – 143

Niethammer, Ortrun / Belemann, Claudia (Hg.): Ein Gitter aus Musik und Sprache. Feministische Analysen zu Annette von Droste-Hülshoff. Paderborn/München/Wien/Zürich 1993

Noesen, Paul: Ein Dichter-Triptychon. Literarische Studie. Luxemburg 1960

Plachta, Bodo: „1000 Schritte von meinem Canapee ...“. Der Aufbruch Annette von Droste-Hülshoffs in die Literatur. Bielefeld 1995

Raub, Annelise / Raub, Wolfhard (Hg.): Annette von Droste-Hülshoff und ihr Kreis. Aus den Beständen der Universitätsbibliothek Münster. Münster 1991

Rüdiger, Elise: Meine Freundin Annette. – In: Paul Schneider (Hg.): Unsterblicher Genius. Deutsche Dichter im Gedenken ihrer Freunde. Ebenhausen bei München 1959. S. 129 – 137

Schreiwiller, Otmar: Annette von Droste-Hülshoff in der Schweiz. Teil 1 u. 2. Einsiedeln 1921/1922 und 1922/23

Schneider, Thekla: Schloß Meersburg am Bodensee. Friedrichshafen 1925

Schücking, Levin: Annette von Droste. Ein Lebensbild. Hannover 1862

Schücking, Levin: Lebenserinnerungen. 2 Bde. Breslau 1886

Steidele, Angela: „Als wenn Du mein Geliebter wärest“. Liebe und Begehren zwischen Frauen in der deutschsprachigen Literatur 1750 – 1850. Stuttgart/Weimar 2003

Thien, Heinz: Catharina Busch „verstummte nicht im öden Emsland ...!“ – In: Schücking-Jahrbuch. Sögel 1999/2000. S. 57 – 67

Thürmer, Stefan: Sonntagskränzchen oder Salon? Überlegungen anläßlich eines Briefes von Elise Rüdiger an Annette von Droste-Hülshoff aus dem Frühjahr 1840. – In: Westfalen. Hefte für Geschichte, Kunst und Volkskunde. Heft 68. Münster 1990. S. 240 – 243

Woesler, Winfried: Modellfall der Rezeptionsforschung. Droste-Rezeption im 19. Jahrhundert. Dokumentation, Analyse, Bibliographie. Erstellt in Zusammenarbeit mit Aloys Haverbusch und Lothar Jordan. 3 Bde. Frankfurt am Main/Bern/Cirencester (U.K.) 1980

Weitere Droste-Bücher im TURM-VERLAG, Meersburg

Walter Gödden
Annette von Droste-Hülshoff
auf Schloß Meersburg
Die Lebensjahre am Bodensee
im Spiegel ihrer Dichtung und Briefe

Mehrere Jahre hat Annette von Droste-Hülshoff am Bodensee zugebracht, eine Zeit, die bleibende biographische und literarische Spuren hinterlassen hat. Hier entstanden viele ihrer schönsten Gedichte, und von hier schrieb sie Briefe, die zu den besten der deutschen Briefliteratur zählen. Walter Gödden geht solchen Spuren nach und kann dabei aus vielen bisher unbekannten Quellen schöpfen.

1993, 3. Auflage 2004, 143 Seiten, 27 Abb., Euro 11,90
ISBN 3-929874-00-8

Doris Maurer
Annette von Droste-Hülshoff –
Biographie

Sprachlich lebhaft, unterhaltsam und mit großer Sachkompetenz porträtiert Doris Maurer das Leben der großen deutschen Dichterin. Sie rückt Klischees und Mystifizierungen zurecht und läßt Raum für eigene Schlüsse.
Ein Buch, das nicht zuletzt durch zahlreiche Briefstellen und Zitate eine lebendige Begegnung mit Annette von Droste-Hülshoff ermöglicht. Ein Buch für jeden Droste-Verehrer, aber gerade auch für junge Leute, die einen Zugang zum Leben und Werk der Dichterin suchen.

1996, 5. Auflage 2004, 263 Seiten, 42 Abb., Euro 13,90
ISBN 3-929874-01-6

Walter Gödden / Jochen Grywatsch

Annette von Droste-Hülshoff am Bodensee

Ein Reiseführer zu den Droste-Stätten in Meersburg und Umgebung

Stellen wir uns Annette von Droste-Hülshoff einmal ganz anders vor. Nicht an ihrem Schreibtisch sitzend und über ihre Manuskripte gebeugt, sondern als ganz normale Touristin, die es ans „Schwäbische Meer“ verschlagen hat und nun keine Gelegenheit auslässt, mit ihrem „Registrierblick“ Land und Leute gleichsam zu „sezieren“. Die beiden Droste-Forscher Walter Gödden und Jochen Grywatsch haben einen Führer über sämtliche Reisestationen der Dichterin im ganzen Bodenseeraum – einschließlich der Schweiz und aller süddeutschen Ziele – erarbeitet. Auch die biographischen und literarischen Bezüge werden vollständig dargeboten.

1998, 167 Seiten, 137 Abb., Euro 9,90

ISBN 3-929874-02-4